KB142365

내 꿈은 선생님

내 꿈은 선생님

청소년 성장소설 십대들의 힐링캠프, 직업(초등교사)

[십대들의 힐링캠프®] 시리즈 NO.49

지은이 | 이서윤
발행인 | 김경아

2022년 7월 17일 1판 1쇄 인쇄
2022년 7월 23일 1판 1쇄 발행

이 책을 만든 사람들
책임 기획 | 김경아
기획 | 김효정
북 디자인 | KHJ북디자인
표지 삽화 | 정지란
교정 교열 | 김윤지
경영 지원 | 홍종남

이 책을 함께 만든 사람들
종이 | 제이피씨 정동수 · 정충엽
제작 및 인쇄 | 천일문화사 유재상

청소년 기획위원
정가인, 양태훈, 양재욱

펴낸곳 | 행복한나무
출판등록 | 2007년 3월 7일. 제 2007-5호
주소 | 경기도 남양주시 도농로 34, 301동 301호(다산동, 플루리움)
전화 | 02) 322-3856 팩스 | 02) 322-3857
홈페이지 | www.ihappytree.com
도서 문의(출판사 e-mail) | e21chope@daum.net
내용 문의(지은이 e-mail) | yminlee@naver.com
※ 이 책을 읽다가 궁금한 점이 있을 때는 지은이 e-mail을 이용해 주세요.

ⓒ 이서윤, 2022
ISBN 979-11-88758-50-5
"행복한나무" 도서번호 : 151

내 꿈은 선생님

| 이서윤 지음 |

차례

등장인물 소개

김하늘 꿈이 없었던 초등학교 5학년 열두 살. 친구들과 놀기 좋아하고, 공부는 왜 해야 하는지 잘 모르겠지만 엄마가 하라고 하니까 학원도 다니는 평범한 초등학생. 사촌 언니와 캠퍼스를 투어하면서 초등학교 선생님이라는 직업에 관심을 갖게 되고, 직업 자판기를 발견한다.

하늘 엄마 하늘이의 교육에 관심이 많다. 특히 조카 민경이가 하늘이의 롤모델이면 좋겠다는 바람을 갖고 있다.

김민경 김하늘의 사촌 언니. 모범생이고 야무진 스무 살 대학 새내기. 교육대학교를 목표로 열심히 공부해 왔고, 꿈을 이루어서 행복해 하는 중이다.

유도현 김민경과 같은 과 선배. 교육대학교 3학년. 외향적이고 붙임성이 좋아 누구에게나 잘하는 듯 보이지만, 후배 민경이에게는 관심이 있어 잘해 주고 있었던 것이다.

이서인 선생님 김하늘이 만난 3학년 부장님. 김하늘의 멘토 선생님으로 옆에서 많은 도움을 준다.

서민지 선생님	3-3반 선생님. 김하늘 선생님과 동학년으로 도움을 준다.
김옥분 선생님	3-4반 30년 차 선생님. 김하늘 선생님과 동학년이다.
정은지 선생님	영어 전담 선생님이다.
박진호	친구를 놀리는 것이 인생의 낙인 진호. 교실의 갈등 메이커다.
윤준수	여자 친구들과 갈등이 유난히 많은 친구다. 아빠가 집을 나가서 엄마, 외할머니, 이모, 이모부와 살고 있다.
임시현	공부를 잘하는 모범생. 학업 스트레스가 상당하다.
한민준	편식왕에 무기력한 학생이지만 그림은 잘 그린다.
박수진	아빠 혼자 키워서 엄마를 향한 그리움이 크지만 반듯하고 바른 학생이다.
엄진영	장애가 있어 통합교육 대상자로 특수반에서 수업을 함께 받는다.

1

사촌 언니네가 한턱내다

"하늘아, 옷 다 입었어?"

엄마는 조급한 목소리로 물었다.

"네!"

나는 엄마의 조급함을 달래 주려고 확신에 찬 큰 목소리로 대답했다. 하지만 엄마는 나의 대답에도 방문을 벌컥 열고 옷을 검사하셨다.

"어이구, 이게 뭐야. 모처럼 친척 식구들 다 만나는 자리인데 엄마가 새로 사 준 원피스를 입고 가지."

엄마는 내 옷장에서 지난번 백화점에 가서 산 은은한 초록빛 원피스를 꺼내셨다.

"그건 피아노 발표회 때 처음 입으려고 아껴 둔 거예요."

나는 볼멘소리로 대답했으나 엄마는 내 대답은 듣지도 않은 채 옷걸이에서 원피스를 빼서 건네셨다.

"오늘 입고 그때 가서 또 입으면 되지."

아마도 오늘 사촌인 민경 언니가 교육대학교에 입학했다고 크게 한턱내신다는 큰엄마, 큰아빠의 식사 초대 자리라 더 신경 쓰시는 듯했다. 민경 언니는 어릴 때부터 공부를 잘한다고 친척들 사이에서 유명했다. 항상 모범생인 민경 언니와 비교 당했던 나는 민경 언니를 만나는 것이 부담스럽기만 했다.

"이제 너도 5학년이야. 엄마가 지난번 초등 부모를 대상으로 한 강연을 듣고 왔는데, 5학년부터 생활통지표에 장래 희망이 기록된대. 하늘이 너도 꿈을 정하고 이제 그 꿈을 향해 달려 나가야 할 때야."

엄마는 강연을 듣고 온 뒤로 내게 진로 포트폴리오를 만들어야 한다고 다급하게 말씀하셨다.

'아 참, 귀찮게 하네.'

늘 민경 언니를 만나는 자리에서는 공부 이야기만 늘어놓았기에 벌써부터 지루해졌다. 민경 언니를 좋아하지만 어른들의 비교는 나와 민경 언니 사이에 거리감을 만들었다. 오늘 식사 장소는 유명 프랜차이즈 뷔페다.

'귀 닫고 맛있는 거 잔뜩 먹고 와야지. 사진 찍어서 SNS에도 올리고 히히.'

우리 가족은 쪽 빼입고 모임 장소로 갔다.

"우리 하늘이 많이 컸구나."

큰아버지께서 함박웃음을 지으시며 인사했다.

"안녕하세요. 큰아빠, 큰엄마."

나도 큰아빠와 큰엄마께 인사를 드렸다.

"안녕하세요. 작은아빠, 작은엄마. 하늘아 잘 지냈지?"

민경 언니도 인사했다. 이제 대학생이라서 그런지 공부만 하던 때와 달리 말끔하게 차려입은 민경 언니가 오늘따라 더욱 예뻐 보였다.

"어머 민경아, 축하한다! 선생님 되고 싶다더니 교대에 입학했구나."

엄마는 민경 언니에게 축하 인사를 건네셨다.

"고맙습니다."

민경 언니는 쑥스러워 하며 대답했다.

"작은아버지, 작은어머니. 저는 안 보이세요?"

희철 오빠였다. 희철 오빠는 민경 언니의 동생이고, 이제 곧 고등학교 입학을 앞두고 있다. 희철 오빠도 공부를 곧잘 한다.

"그럴 리가. 희철이도 잘 있었지? 그새 키가 한 뼘은 큰 것 같다.”

아빠는 희철 오빠의 등을 토닥이셨다.

“형님, 좋겠어요. 이제 한시름 놓았겠어요. 민경이가 원하던 대학에 갔으니 말이에요.”

엄마는 정말 부러운 눈초리로 말씀하셨다.

“희철이가 고등학교에 입학했으니 이제 또 시작이지 뭐. 사실 자기네들이 알아서 해서 내가 크게 신경 쓴 것은 없는데도 은근 신경이 쓰이더라고.”

큰엄마 역시 기쁜 마음과 자랑스러운 마음에 빠지면 안 될 겸손한 마음까지 한 스푼 넣어서 대화를 이어 가셨다.

“민경아, 네가 공부했던 노하우 우리 하늘이에게 잘 좀 전수해 줘.”

엄마는 민경 언니에게 나를 잘 부탁한다고 말씀하셨다.

언제 와도 좋은 환상의 유토피아 뷔페에서 나는 고소한 양송이 수프부터 시작했다. 알록달록 플레이팅을 해서 곱게 샐러드도 만들었다. 드레싱을 뿌리니 반짝거렸다. 고소한 까르보나라와 달콤한 고르곤졸라 피자, 오랫동안 줄을 서서 기다려야 했지만 즉석에서 구워 주는 스테이크도 입에서 사르르 녹았다.

정신없이 왔다 갔다 음식을 가져다가 먹느라 어른들이 무슨 이야기를 나누시는 지도 몰랐다. 그런데 순간 귀에 들어온 말이 있었다.

"그래. 좋은 생각이다! 민경이 네가 하늘이 데리고 교대도 보여 주고, 네가 공부했던 이야기도 하고, 진로 상담도 하고 그러렴. 작은엄마가 카드 줄 테니까 맛있는 것도 같이 먹고."

엄마는 눈을 반짝거리며 민경 언니에게 말씀하셨다.

"어? 뭐라고? 엄마?"

나는 엄마에게 다시 물었다.

"민경 언니랑 데이트하라고."

엄마가 굳이 '데이트'라는 말을 붙이며 잔소리를 미화시킨 것은 또 그놈의 부모 교육 강연 때문이리라. '엄마가 잔소리를 하는 것이 힘들면 관련 책을 읽게 하거나 다른 롤모델이나 멘토를 붙여도 좋다'는 내용을 정리해 놓은 엄마의 수첩이 생각났다.

"민경 언니가 내 남친도 아니고 무슨 데이트야."

엄마를 대신해서 민경 언니가 뻔한 공부 이야기를 하고, 나는 부담감을 느끼게 될 시나리오가 분명해서 정말 별로였다. 그 시간에 친구들이랑 시내에 가서 액세서리랑 화장품을 구경하고 싶은데 말이다.

'그래도 학원 가는 것보다야 낫겠지.'

엄마는 이 기회를 놓칠세라 바로 휴대폰 달력 앱을 실행해서 민경 언니와 약속을 잡았다.

"하늘아, 언니가 너희 집으로 데리러 갈게."

언니는 친절하게 말했다. 그렇게 가족 모임은 끝이 났다.

"하늘아, 민경 언니에게 잘 배우고 와. 종종 언니한테 먼저 연락도 하고. 민경아, 하늘이 연락 잘 받아 주렴."

엄마가 민경 언니와 나를 번갈아 바라보며 말씀하셨다.

2

수행평가는 미래직업지원서 쓰기

"5학년 실과는 나의 진로를 탐색하는 시간입니다. 지금까지 쭉 배운 것을 바탕으로 미래직업지원서를 쓸 거예요. 다음 시간에 미래직업지원서를 쓰고, 그다음 시간에는 친구들 앞에서 발표하겠습니다."

5학년이 된 이후로 실과 시간에 진로를 공부하고 있었다.

성격 검사라는 것도 하고, 직업별 종류도 알아보고 하면서 내 꿈을 생각해 보았다. 하지만 그런 것들을 하고 있음에도 내가 별로 하고 싶은 것이 없어서 문제다.

어쩌면 하고 싶은 것이 있는데도 말할 용기가 없는 것인지도 모르겠다.

사실 나도 민경 언니처럼 선생님이 되고 싶은데, 공부를 잘하는 편이 아니었다.

내가 선생님이 되고 싶다고 하면 친구들은 아마 이렇게 말할 것이다.

"선생님이 되려면 공부를 잘해야 해."

담임 선생님도 겉으로 말씀은 안 하셔도 '얘가 선생님이 되고 싶다고?'라고 생각하실 것이다.

나는 그냥 평범한 초등학생일 뿐이다.

"내가 되고 싶은 직업을 고르세요. 되고 싶은 게 없다면 그나마 흥미가 있는 직업이라도 고르세요. 그것부터가 시작이에요. 어떤 꿈이든 일단 마트에서 쇼핑하듯이 골라 보세요. 무의식중에 자기가 관심 있는 것을 고르게 되어 있어요. 관심 있는 것은 나의 강점과 관련되어 있을 확률도 높아요."

선생님은 쇼핑하듯이 고르라고 했다. 하지만 말이야 쉽지 꿈 쇼핑이라니…….

"지연아, 너는 미래직업지원서에 뭐 썼어?"

가장 친한 친구인 지연이에게 물었다.

"번역가라고 썼어. 내가 영어를 좀 하잖니. 책 읽는 것도 좋고. 번역된 책을 읽다 보면 왜 이따위로 번역했지 하는 책들이 있단 말이야. 제대로 번역해서 사람들한테 외국 책을 소개해 주고 싶어.”

지연이는 거침없이 말했다.

자기가 영어를 잘한다고 자랑스럽게 말할 수 있다는 것은 진짜로 영어를 잘하기 때문이다.

나는 그렇게 말하기에는 모두 다 애매했다. 어쩐지 지연이와 번역가는 정말 잘 어울리는 것 같다.

“너는?”

지연이가 되물었다.

“아직 못 정했어.”

이렇게 대답하는 내가 답답했다.

내 짝 승빈이가 쓴 미래직업지원서도 살짝 보았다. ‘탐정’이라고 적혀 있었다.

만날 『셜록홈즈』만 주야장천 읽더니. 승빈이의 미래 직업도 어울린다.

“현정아, 너는 미래직업지원서 썼어?”

뒷자리에 앉은 현정이에게도 물었다.

“응. 반려동물행동교정사로 썼어.”

현정이는 수줍게 말했다.

“그게 뭐야?”

나는 생소한 단어에 고개를 갸우뚱거렸다.

"너 티비에서 〈개 처방전〉이라는 프로그램 본 적 있어?"

"안 봤는데?"

집에서 티비를 많이 보지 않아서 그런지 처음 듣는 프로그램이었다.

"문제 행동을 하는 개가 나오는데, 원인이 뭔지 찾아 주고 행동을 교정해 주는 티비 프로그램이야. 거기 나온 반려동물행동교정사가 있는데 정말 멋져 보이더라고. 나도 개를 키우는데 도움을 많이 받아서 반려동물행동교정사가 되려고 해."

조용한 현정이가 그런 생각을 하고 있는지 몰랐다.

남자아이들은 프로게이머, 축구 선수, 유튜버 이런 직업들을 써 놓았고, 우리 반에서 최고로 공부를 잘하는 도훈이는 의사라고 썼다.

'다들 어울리는 직업을 쏙쏙 잘만 찾네. 나는 뭐 적지?'

점점 미래직업지원서 발표 날이 다가오고 있었다.

민경 언니와 만나는 날이 살짝 기다려지기 시작했다. 꼭 수행 평가 때문은 아니지만, 민경 언니 학교를 탐방하는 것이 미래직업지원서를 쓰는 데 많은 도움이 될 것이기 때문이다.

'띵동'

톡 알림 소리가 울렸다.

「하늘아, 내일 우리 만나기로 한 날이야. 언니가 데리러 갈
  게. 같이 지하철 타고 우리 학교로 가자.」

민경 언니에게 톡이 왔다.

내일은 토요일이고, 언니는 대학 새내기 생활을 한참 즐기고
있는 시기일 것이다.

그래도 언니는 잊지 않고 연락을 주었다. 물론 우리 엄마도 잊
지 않았다.

"하늘아, 내일 민경 언니 만나는 날이지? 대학교 놀러 가서 언
니 친구들이나 선배들 혹시 만나면 인사 잘하고, 언니한테 이것저
것 궁금한 것 잘 물어보고. 네가 이 카드로 언니한테 시간 내 주어
서 고맙다고 밥을 사렴."

엄마는 내 지갑에 카드까지 꽂아 주셨다. 나도 대학에 놀러 간
다니 왠지 설렜다.

'내일 뭐 입지?'

옷장을 보고 있는데 역시나 엄마가 내 방문을 여셨다.

"엄마! 혹시 내일 입을 옷 정해 주러 오셨어요? 만약에 그렇다
면 사절하겠습니다. 제가 고른 옷 입고 가겠습니다."

나는 고개를 꾸벅거리면서 말했다.

대학 캠퍼스에 가장 잘 어울리는 옷이 무엇일지, 민경 언니 옆

에 있어도 기죽지 않을 옷이 무엇일지 한참을 고민했다.

'나는 원피스가 제일 잘 어울리지.'

지난 생일 선물로 받은 분홍색 원피스를 꺼내 입었다.

'이렇게 입으니 예비 선생님 같은데?'

거울을 보니 마치 선생님 같았다.

"엄마, 저 다녀올게요."

나는 엄마한테 인사하고 얼른 집을 나섰다. 민경 언니는 우리 집 앞에서 기다리고 있었다.

"하늘아!"

민경 언니의 목소리가 들렸다.

언니는 청바지와 흰 티셔츠를 입고, 빨간색 플랫 구두와 미니 핸드백을 메고 있었다. 살짝 반짝이는 귀걸이도 잘 어울렸다.

"어? 언니 귀 뚫었네?"

언니 귀걸이를 보며 물었다.

"응, 어때?"

언니는 신난 목소리로 물었다.

"예뻐! 진짜 예쁘다, 언니."

왜 민경 언니가 하는 것은 다 예뻐 보이는지 모르겠지만 예뻤다. 우리는 이야기를 나누며 지하철역으로 걸어갔다.

"하늘아, 우리 학교는 교대역에 있어. 지하철역에서 가까워서 참 좋아."

언니는 집에서 멀지 않은 곳으로 대학을 가게 되어서 좋다고 말을 덧붙였는데, 정말 부러웠다.

언니와 지하철을 몇 번 갈아타고 서울교육대학교에 도착했다. 지난 방학 때 부모님과 함께 대학을 탐방한다고 서울에 있는 몇 개 대학에 가 보았는데, 그런 대학들과는 달리 좀 작았다.

"애걔! 언니, 이게 대학이야?"

나는 눈을 동그랗게 뜨고 건물을 둘러보며 말했다.

"그렇지? 종합대학교는 여러 학문을 전공하는 학생들이 모여 있잖아. 경영학과, 의예과, 수학과, 생물학과, 경제학과, 철학과 등……. 학생 수도 많고 건물도 많고 학교도 크지. 그런데 우리 학교는 초등학교 선생님이 되려는 사람들만 모여 있으니 학생 수가 적어서 학교도 작아."

"그렇구나. 아, 언니 OT 같은 것도 갔어?"

나는 노는 이야기가 제일 궁금했다.

"응, 대학 입학 전에 갔어. 같이 입학하는 친구들도 만나고 장기 자랑도 하고 재미있었어."

민경 언니는 하나하나 친절하게 대답해 주었다.

"민경아!"

민경 언니를 부르는 목소리가 들렸다. 뒤를 돌아보니 키가 큰 남자가 서 있었다.

'이렇게 멋진 남자가 언니를? 혹시 언니 남자 친구인가?'

괜스레 가슴이 콩닥거렸다.

"어? 선배! 주말인데 왜 학교에 왔어요?"

민경 언니도 밝게 웃으며 선배라는 사람에게 대답했다.

"응, 과제 때문에 도서관에서 공부할 것도 있고. 이 근처에서 약속도 있고 그래서. 이 꼬마 손님은 누구?"

나를 쳐다보고는 민경 언니에게 물었다.

"소개할게요. 제 사촌 동생 하늘이에요. 초등학교 5학년이고, 교사가 되는 것에 관심이 있다고 해서 구경시켜 주려고 데리고 왔어요. 하늘아, 언니 같은 과 선배고 이름은 유도현. 언니는 1학년이고, 도현 선배는 3학년이야."

민경 언니는 나와 도현 선배 사이에서 마치 교과서에 나온 대화문처럼 소개해 주었다.

"안녕하세요. 김하늘입니다."

나는 꾸벅 인사했다.

"반가워, 하늘아. 너도 우리 학교 와라. 내 후배하면 되겠다!"

도현 선배는 유쾌하게 말했다.

나도 선배라고 하는 것은 그렇고, 오빠라고 하기에는 어색하고, 뭐라고 불러야 할까 고민하고 있는데 다행히 민경 언니가 먼저 호칭에 대한 말을 꺼냈다.

"도현 삼촌? 도현 오빠? 뭐라고 불러야 하나?"

"도현 오빠라고 불러. 삼촌이라고 부르면 내가 너무 늙은 것 같잖니."

'도현 오빠! 좋다!'

도현 오빠? 교육대학교가 궁금해요

"너희들끼리 학교 구경할 수 있겠어?"

도현 오빠가 물었다.

"그럼요. 선배 과제도 있고 약속도 있다면서요."

민경 언니가 예의 바르게 대답했다.

"약속 시간은 아직 많이 남았고, 과제도 급하지 않으니 교대 탐방에 나도 껴 주라. 이제 갓 입학한 1학년 대학생보다는 몇 년 다녀 본 3학년이 더 낫지 않겠니? 하늘아?"

도현 오빠는 눈을 찡긋거리며 나에게 물었다.

'이거 민경 언니를 좋아하는 게 분명하다.'

살짝 질투 날 뻔했지만 착하고 예의 바르고 똑똑한 민경 언니를 좋아하지 않는 것이 더 이상할 것이다. 잘은 모르지만 유쾌하고 키도 큰 이런 남자라면 민경 언니와도 잘 어울릴 것 같아서 도현 오빠의 말에 동의했다.

"그럼요!"

나도 눈을 함께 찡긋거렸다.

"그럼 우리 뭐라도 먹으면서 걸어 다니자. 민경아, 동생 아무것도 안 사 주고 들어온 거야?"

도현 오빠는 생각보다 센스쟁이였다.

우리는 학교 근처에서 생과일주스와 생크림 와플을 샀다. 그리고 캠퍼스 안에 있는 벤치에 앉았다.

봄 향기는 향긋하고 예쁜 벚꽃도 여기저기 피어 있지, 거기다 달콤한 와플까지 함께 먹으니 기분이 정말 좋았다. 민경 언니와 함께 대학을 탐방하러 오기를 잘한 것 같았다. 이렇게 민경 언니를 붙여 준 엄마한테 고맙기까지 했다.

"그런데 아까 둘이 같은 과라고 했잖아요? 교대에도 과가 있어요? 다 초등학교 선생님이 되는 거라서 없나?"

나는 민경 언니와 도현 오빠를 쳐다보며 물었다.

"아주 날카로운 질문입니다. 민경이랑 나는 영어 교육과야. 사실 교대에 과는 의미가 크지 않기는 해. 초등학생들을 가르치는 초등교육을 공부한다는 목적이 특수한 대학이 바로 교육대학교

이기 때문에 교육대학교에 입학했다면 초등교육이 전공인 셈이지. 그래도 그 안에서 세부 전공으로 나누어 특정 과목 수업을 조금 더 공부하게 돼."

도현 오빠가 차근차근 설명해 주었다.

"어떤 과가 있어요?"

와플을 한 입 베어 물며 물어보았다.

"국어, 영어, 수학, 사회, 과학, 음악, 미술, 체육, 실과, 컴퓨터, 윤리, 교육학 등이 있어. 처음에는 자기가 원하는 세부 전공을 선택해. 그런데 각 과에는 정원이 있어 그 과를 희망하는 사람 수가 많으면 입학 점수로 자르게 돼."

민경 언니가 설명해 주었다. 그 말을 들으니 나는 음악 교육과를 전공하고 싶었다.

"과마다 분위기는 조금씩 다른 것 같아. 비슷한 교육과정을 공부하기는 하지만, 그래도 음악 교육을 전공하면 악기를 하나씩 배워서 졸업 연주회를 하고, 미술을 심화전공하면 졸업 작품 전시회를 해. 각 과 특징에 맞는 공부를 더 많이 하니까 내가 관심 있는 전공을 희망해서 써 내야 하겠지."

도현 오빠가 추가로 설명해 주었다.

"언니랑 오빠는 왜 영어를 심화전공으로 희망했어요?"

"나? 있어 보여서!"

도현 오빠가 장난기 섞인 목소리로 대답했다.

"나는…… 영어를 잘하고 싶어서? 내가 영어가 좀 약하거든."

항상 노력하는 민경 언니다운 대답이었다.

"어찌 되었든 민경이가 우리 과에 와서 나 유도현을 만날 수 있었지! 하하."

도현 오빠는 멋쩍게 웃었다.

"그럼 교육대학교만 졸업하면 다 선생님이 될 수 있나요?"

"우리 하늘이 질문하는 솜씨가 좋은데! 꼭꼭 필요한 질문만 하네."

내 질문을 듣고 민경 언니가 칭찬해 주었다.

"아니. 요즘에는 경쟁률이 높아서 교육대학교를 졸업하기 전에 초등교사 임용을 위한 임용고사를 봐야 해. 그 시험에 합격해야 교사가 될 수 있어. 그리고 3학년인 나는 내년부터 본격적으로 임용고사를 준비해야겠지."

도현 오빠의 표정이 심란해 보였다.

"선생님이 되는 학교들을 들어가서 졸업하고, 선생님이 되는 시험을 보면 선생님이 될 수 있다! 이거네요?"

민경 언니와 도현 오빠의 말을 들으며 머릿속으로 정리했다.

"그러면 과를 결정하고 임용고사를 보고 그런 것도 일단 대학에 들어가야 할 수 있잖아요. 초등학교 선생님이 되려면 어떤 대학을 가야 하는지부터 알려 주세요."

이렇게 말하고 나서 오히려 내가 깜짝 놀랐다. 나는 원래 이렇게 적극적인 성격이 아니기 때문이다.

"전국에 교육대학교가 총 10개 있어. 이곳 초등교육과를 졸업하면 초등교사 2급 자격증을 취득할 수 있어. 이외의 방법은 없어. 잠깐 기다려 봐. 내가 그렇지 않아도 널 위해 정리해 왔단다. 내가 메신저로 보내 줄게."

정말 친절한 민경 언니다.

● 초등학교 정교사 1~2급 교원 자격

초등학교 정교사는 1~2급 교원 자격증을 소지하고 초등학교에 근무하는 교사다. 2급 교원 자격증은 전국 소재 교육대학교 또는 한국교원대학교 초등교육과, 제주대학교 교육대학 초등교육과, 이화여자대학교 사범대학 초등교육과를 졸업하면 취득할 수 있다. 이외의 방법은 없다.

교육대학교는 경인교육대학교, 공주교육대학교, 광주교육대학교, 대구교육대학교, 부산교육대학교, 서울교육대학교, 전주교육대학교, 진주교육대학교, 청주교육대학교, 춘천교육대학교로 전국에 총 10개가 있다. 교육대학교는 고등학교의 인문계, 자연계 구분 없이 지원할 수 있으며, 대학에 입학한 뒤 세부 전공을 결정할 수 있다.

1급 교원 자격증은 통상 실교육 경력 3~5년 이상(지역별로 다름)인 교사가 특정 연수 기관에서 시행하는 자격 연수를 받으면 취득할 수 있다. 이런 연수를 1정 연수라고 하며, 보통 지역 및 과목에 따라 연수 과정 운영을 위탁한 대학교나 각 교사가 속한 시·도교육청 직속 교육연수원에서 실시한다. 이 연수의 강사는 대부분 현직 교수 및 교사이며, 연수 내용은 주로 전공과목의 내용학, 교과교육학, 교육과정학 등 이론 및 학교 현장과 관련되어 있다.

교육대학교에 입학해서는 자신이 소속할 심화전공을 선택할 기회를 준다. 국어, 영어, 수학, 사회, 과학, 음악, 미술, 체육, 실과, 컴퓨터, 윤리, 교육학 등이 있고, 학교마다 약간은 다를 수 있다. 이는 일반 대학교 전공과는 조금 다른 개념이다. 교육대학교 전공은 모두 '초등교육'이고 심화과정으로 자신이 선택한 전공 수업을 조금 더 많이 듣는다는 정도로 이해하면 된다.

● 각 교육대학교 심화전공

대학교	심화전공
경인교육대학교	국어교육과, 과학교육과, 교육학과, 미술교육과, 사회과교육과, 생활과학교육과, 수학교육과, 영어교육과, 유아교육과, 윤리교육과, 음악교육과, 체육교육과, 컴퓨터교육과, 특수(통합)교육학과
공주교육대학교	과학교육과, 교육학과, 국어교육과, 미술교육과, 사회과교육과, 수학교육과, 실과교육과, 영어교육과, 윤리교육과, 음악교육과, 체육교육과, 컴퓨터교육과
광주교육대학교	과학교육과, 교육학과, 국어교육과, 사회교육과, 수학교육과, 미술교육과, 실과교육과, 영어교육과, 윤리교육과, 음악교육과, 체육교육과, 컴퓨터교육과, 특수 · 통합교육과
대구교육대학교	과학교육과, 교육학과, 국어교육과, 사회과교육과, 미술교육과, 수학교육과, 실과교육과, 영어교육과, 윤리교육과, 음악교육과, 체육교육과, 컴퓨터교육과, 특수통합교육과
부산교육대학교	과학교육과, 교육학과, 국어교육과, 사회교육과, 수학교육과, 미술교육과, 실과교육과, 영어교육과, 유아교육과, 윤리교육과, 음악교육과, 체육교육과, 컴퓨터교육과
서울교육대학교	윤리교육과, 국어교육과, 사회과교육과, 수학교육과, 과학교육과, 체육교육과, 음악교육과, 미술교육과, 생활과학교육과, 초등교육과, 영어교육과, 컴퓨터교육과, 유아 · 특수교육과
전주교육대학교	윤리교육과, 국어교육과, 사회교육과, 초등교육과, 수학교육과, 과학교육과, 실과교육과, 음악교육과, 미술교육과, 체육교육과, 영어교육과, 컴퓨터교육과

대학교	심화전공
진주교육대학교	도덕과교육, 국어교육, 사회과교육, 수학교육, 과학교육, 체육교육, 음악교육, 미술교육, 실과교육, 교육학, 영어교육, 컴퓨터교육
청주교육대학교	윤리교육과, 국어교육과, 사회과교육, 교육학과, 수학교육과, 과학교육과, 실과교육과, 음악교육과, 미술교육과, 체육교육과, 영어교육과, 컴퓨터교육과
춘천교육대학교	윤리교육과, 국어교육과, 사회과교육과, 교육학과, 수학교육과, 과학교육과, 실과교육과, 음악교육과, 미술교육과, 체육교육과, 영어교육과, 컴퓨터교육과

● 임용고사

구분	시험과목
1차 시험	교직논술
	교육과정A
	교육과정B
	한국사
2차 시험	교직적성 심층면접
	수업실연
	영어면접 및 영어수업실연

"결코 쉽지 않아. 교육대학교 자체가 처음부터 교사를 양성하는 대학으로 만들었기 때문에 그런 학생들끼리 경쟁하는 것도 쉽지 않거든. 선배 중에는 임용고사에 떨어져 몇 년씩 준비하는 사람도 있고, 보통 어느 정도 공부를 열심히 하는 학생들이 교육대학교에 들어오기 때문에 그 모범생들 가운데서 또 교사를 뽑는 거라 시험 문제가 너무 세세하고 양도 많거든."

도현 오빠가 쉬운 시험이 아니라는 것을 강조해서 말했다.

"선배, 제가 아직은 1학년이라 임용고사에 관심이 많이 없었는데요. 어떤 시험을 보나요?"

민경 언니도 궁금해 하면서 걱정되는 눈빛으로 물었다. 나도 선생님이 되려고 대학에 가서 4년 내내 공부했는데 시험에 합격하지 못하면 어떡하나 싶었다.

"이게 시험 방식이 계속 바뀌는데, 지금은 1차 시험과 2차 시험이 있어. 1차 시험은 교직논술과 초등학교 교육과정을 봐. 한국사 시험은 한국사 능력 검정 시험으로 대체하고."

도현 오빠가 말했다.

"한국사 능력 검정 시험이 뭐예요?"

우리 반 친구들이 가끔 한국사 시험을 본다고 학원도 다니고 한숨도 쉬고 하는 것을 들었는데, 무엇인지 정확하게 잘 몰랐다.

'그 친구들이 다 선생님이 되려고 준비하고 있었나?'

"아 한국 역사를 사람들이 너무 모르잖아. 주변 국가들도 자꾸 자기네 역사 교과서를 왜곡하고 있고. 그래서 우리 역사에 대해 바로 알아야 한다는 취지에서 국사편찬위원회가 한국사 시험을 시행하고 있어. 국가에서도 한국사 시험을 봐야 각종 공무원 시험에서 통과할 수 있도록 했고."

도현 오빠가 똑 부러지게 말하자 나와 민경 언니는 도현 오빠를 다르게 쳐다보았다.

"자, 아직 안 끝났다고. 1차 시험에서 합격하면 2차 시험을 봐야 합니다. 2차 시험은 교직적성 심층면접이 있습니다요."

도현 오빠가 말하자 민경 언니가 다시 물었다.

"교직 심층면접이요? 그게 뭐예요?"

"교사로서 적성, 교직관, 인격이나 소양을 물어보는 그런 시험이야. 교사는 학생들의 모범이 되어야 하기 때문에 다른 직업보다도 도덕성이나 인성을 더 요구하는 것 같아. 물론 면접 하나로 그것을 확인할 수는 없지만, 그래도 교사가 되기에 적절한지 질문하고 가치관을 확인하지. 그리고 수업을 실연해. 교사가 수업을 잘해야 하는 건 당연하잖아. 수업 지도안도 쓰고 수업도 해."

"학생들도 없는데 어떻게 수업을 해요?"

민경 언니가 계속 물었다.

"심사위원들 앞에서 수업을 하는 거야. 학생들이 있다고 가정하고. 나도 수업 시간에 몇 번 해 봤는데 좀 부끄럽더라고? 자꾸 연습하다 보면 익숙해지겠지. 그리고 영어면접도 보고 영어수업 실연도 보기 때문에 어느 정도 영어도 잘해야 해."

"영어까지요?"

나는 점점 자신이 없어졌다.

'교육대학교에 가려면 공부도 잘해야 한다는데, 입학하고 한국사 시험도 합격해야 하고 영어로 수업도 해야 선생님이 된다니.'

"그럼 언니랑 오빠는 대학 생활에 완전, 100% 만족이에요?"

나의 질문에 민경 언니는 도현 오빠를 쳐다보았다.

"나야 입학한 지 얼마 안 되었으니까 잘 모르지. 다만 다른 일반 대학교에 간 친구들과 비교했을 때 시간표가 굉장히 빡빡해."

민경 언니가 다이어리를 꺼내 들었다.

	월요일	화요일	수요일	목요일	금요일
1교시		수학의 기초		음악의 이해	
2교시		수학의 기초	선택교양		철학의 이해
3교시	미술실기		선택교양	교육철학	철학의 이해
4교시	미술실기			교육철학	
5교시		컴퓨터실기	기초과학		
6교시		컴퓨터실기	기초과학	체육실기	
7교시	영어회화		선택교양	체육실기	
8교시	영어회화		선택교양		

"시간표가 정해져서 나온다니까? 그래서 보통 교대를 고등학교 4학년이라고 하잖아."

도현 오빠가 말했다. 그리고 덧붙였다.

"교대 1학년 때는 미술실기며 체육실기며 교양, 국어, 수학, 과학, 전반적인 기초 학문들을 쭉 훑는다는 느낌으로 공부하고, 2학년이 되면 본격적으로 교육이라는 것이 무엇인지 배워. 수학의 기초를 1학년에서 배운다면 2학년은 수학을 어떻게 잘 가르칠 것인가 하는 수학 교육을 배우는 거지. 교과 교육의 이론, 배경 등을 말이야. 무슨 말인지 아직은 알아듣기 힘들겠지만 일단 그냥 들어 둬. 3학년은 교과 실습이 많아. 수업 시간에 직접 수업을 해 보는 시간도 많고, 조별 과제도 많고, 교생도 본격적으로 하고 말이야. 4학년은 임용고사를 앞두고 있어 수업을 많이 듣지 않고 시험 준비를 본격적으로 하지. 교생도 나가고."

역시 3학년이라 그런지 도현 오빠는 학년별로 대학 생활을 잘 설명해 주었다. 도현 오빠를 안 만났으면 어쩔 뻔했나 싶었다.

"도현 오빠, 그런데 교생이 뭐예요?"

어디서 들어 본 것 같은데 잘 모르겠다.

"음 교육실습생의 줄임말이야. 교사가 되기 전에 학교에 실습하러 가는 거지. 제일 처음에는 수업하지 않고 선배 선생님들 교실에 들어가서 관찰만 해. 뒤에 앉아서 선생님들이 어떻게 학생들을 지도하시는지 관찰하고 일지도 쓰고. 그러다 학년이 올라가면 직접 수업하기 시작하거든. 수업 시간표가 배정되고, 내가 배정받은 시간의 수업을 준비해서 해. 수업하기 전에 수업 과정안을 써야 하고."

도현 오빠의 설명에 나와 민경 언니는 고개를 끄덕였다.

"수업 과정안이 뭐예요?"

나는 선생님들이 그냥 수업을 하는 줄 알았더니 뭐를 쓰나 보다.

"수업을 어떤 식으로 할 것이다 하고 계획하는 거야. 그 수업에서 목표가 무엇이고, 그 목표를 이루려면 어떤 수업 활동을 하고 학생 평가는 어떻게 할지를 계획하는 거지."

"우와. 그런 것까지 계획하고 수업을 해요?"

"그럼. 나도 아직은 학생이라 배워 가는 단계고 교생 실습을 본격적으로 한 것은 아니지만 말이야."

도현 오빠는 살짝 머리를 긁적이며 대답했다.

"선배, 하늘이 덕에 저도 앞으로 대학 생활이 어떻게 펼쳐질지 알게 된 것 같아요. 감사해요."

민경 언니는 수줍은 얼굴로 도현 오빠에게 말했다.

4

자판기에서 뽑은 나의 직업

"언니, 오빠! 아니 대학에 들어가면 재미있게 노는 것 아니었어요? 공부만 하고, 시험만 봐요? 재미있는 이야기 좀 해 주세요."

공부 이야기만 하니까 머리가 지끈거렸다.

"그래. 사실 나도 공부를 하고 임용고사에 대해 알아본 지 얼마 안 돼. 대학교에 들어가서는 노느라 바쁘지! 그지? 민경아?"

"그렇죠? 진짜 정신없었어요. 대학 입학 전에 새내기 배움터라고 해서 놀러 가는 게 있거든? 대학 생활에 대해 설명도 듣고 선배들과 친해지는 시간인데 장기 자랑도 하고 재미있었어. 이게 대학 생활의 첫 행사였던 것 같아. 그 이후로 입학식을 했고, 같은

과 동기들이랑 밥도 먹고, 같은 과 선후배랑 대면식도 했어. 얼굴을 본다는 뜻인데 같이 밥도 먹고 이야기도 하면서 '아, 정말 내가 대학에 들어왔구나' 하고 느꼈지."

민경 언니가 나를 보며 말했다.

"나도 대면식에서 민경이를 처음 봤어. 나랑 같은 테이블에 앉았거든. 한 명씩 일어나서 자기소개를 하는데 민경이밖에 안 보이더라."

도현 오빠의 말에 순간 정적이 흘렀다. 나는 이 어색한 분위기를 깨려고 얼른 말을 꺼냈다.

"오빠, 민경 언니한테 고백하는 거예요?"

"내가 눈이 좀 안 좋거든. 민경이가 제일 가까이 앉았었고."

도현 오빠의 장난기 섞인 말에 나와 민경 언니는 크게 웃었지만, 민경 언니의 얼굴은 이미 빨개져 있었다.

"대면식에서 어찌나 동아리 홍보들을 하면서 자기 동아리에 들어오라고 하는지, 내가 아주 정신없었다니까."

민경 언니는 고개를 절레절레 흔들었다.

"민경이 너도 내년에 신입생들 들어오면 그러고 있을걸? 같이 동아리 활동하면 얼마나 재미있는데, 대학 생활의 꽃 아니겠니? 민경이 너는 결국 어떤 동아리에 들어갔어?"

"저는 배드민턴 동아리요. 선배는 무슨 동아리 하세요?"

민경 언니가 배드민턴 동아리였다니. 어울리는 것 같으면서도 어울리지 않는 것 같고 그랬다.

"나는 통기타 동아리. 나중에 기타 치는 거 한번 보여 줄게."

도현 오빠가 기타 치는 흉내를 내며 말했다.

"오, 저도요! 저도! 저 다음에도 민경 언니 따라서 올래요."

도현 오빠가 기타 치는 모습이라니 정말 멋질 것 같았다.

"그럼, 그럼. 우리 하늘이도 같이 보여 주어야지. 동아리 활동도 하고, 나중에 과에서 모꼬지도 가고 학교 축제도 해."

"도현 오빠, 모꼬지가 뭐예요?"

"아, 우리가 MT(Membership Training)라고 하는 말 있잖아. 단체로 놀러 가서 친해지는 거. 그것을 순우리말로 '모꼬지'라고 하는데 놀이나 잔치로 여러 사람이 모인다는 뜻이래."

"우와, 재미있겠다! 선생님 없이 친구들끼리 가는 거예요?"

대학생들은 어른들 없이도 놀러 갈 수 있으니 부러웠다.

"응, 이제 대학생은 성인이니까. 중간에 교수님들이 방문하시기도 하는데 우리가 행사를 기획하고 함께 만들어 가는 거야. 게임도 같이 하고, 장기 자랑도 하고, 밥도 먹고, 숙소에서 잠도 자고."

도현 오빠가 신난 표정을 지으며 말했다.

"아, 수학여행 같은 거네요! 저 이번에 5학년이라 수학여행 가거든요. 너무 기대되고 신나요."

"그렇지. 비슷한 것이라고 할 수 있지."

도현 오빠의 말을 들으니 점점 더 교육대학교라는 곳에 관심이 생겼다.

"민경 언니는 좋겠다!"

"왜?"

부러움 섞인 내 말에 민경 언니는 눈을 크게 뜨고 물었다.

"이제 대학 생활을 즐기고 선생님이 되는 거잖아!"

"하늘아, 나는 초등학생 때 정말 즐거웠어. 어차피 자연스럽게 나이가 드니까 너도 그냥 지금을 즐겨!"

민경 언니의 성숙한 말에 마치 언니가 굉장히 어른처럼 느껴졌다.

"언니, 오빠! 너무 열심히 설명을 들었어요. 목말라요. 여기 자판기 같은 거 없어요?"

나는 그동안 그 어떤 수업에서도 이렇게 집중력을 발휘한 적이 없었기에 갑자기 힘이 빠지며 목말랐다. 도현 오빠가 사 준 생과일주스와 와플은 이미 없어진 지 오래였다.

"저기 도서관 옆에 오래된 자판기가 있는 걸 봤는데, 요즘은 학교 안에 있는 카페에서 사 먹거나 편의점 가서 사 먹어서 자판기를 써 본 경험이 없네?"

민경 언니가 갸우뚱거리며 말했다.

"자판기라는 말 정말 오랜만에 듣는다. 하늘아! 너 어느 시대 사람이야?"

도현 오빠가 장난치듯 물었다.

"아니에요. 요즘 자판기가 얼마나 다양하게 나오는데요! 무인 자판기가 뜨고 있어요. 뉴스도 안 보세요?"

나는 얼마 전 보았던 뉴스를 생각하며 당당하게 말했다.

"하긴. 생각해 보니 나도 얼마 전에 지나가다가 꽃다발 파는 자판기를 봤어."

민경 언니가 말했다.

"맞아요. 그러니까 자판기가 어디 있어요? 저 혼자 다녀올게요. 학교 구경도 할 겸."

내가 잠시 빠져야 도현 오빠와 민경 언니가 둘만 시간을 보낼 수 있을 것 같아서 혼자 다녀오겠다고 했다.

"이 길을 조금만 따라가면 벽돌 건물이 나와. 저기 벽돌 건물 보이지? 그 건물 옆에 자판기가 있었던 것 같아. 돈은 있니?"

도현 오빠가 물었다.

"네. 저 용돈 받은 거 있어요. 엄마가 민경 언니랑 맛있는 거 사 먹으라고 카드도 주고 돈도 주셨거든요. 언니, 오빠는 뭐 마실래요?"

"나는 아직 주스가 남았어."

민경 언니가 컵을 흔들며 말했다.

"그럼 나는 시원한 사이다로 하나 부탁해. 혹시 자판기 고장 났으면 그냥 와. 같이 편의점 가게."

도현 오빠가 말했다.

"알았습니다!"

나는 우렁차게 대답하고 자판기로 향했다. 주말이라 그런지 사람은 많지 않았고 운동장에서 축구를 하고 있는 사람들이 보였다.

'아, 이렇게 언니랑 둘이 나오는 것도 나쁘지 않네.'

민경 언니를 따라서 대학을 구경하라며 등 떠밀어 준 엄마가 고맙게 느껴졌다.

볼을 스치는 봄바람을 맞으며 걷다 보니 초록색 자판기가 한 대 보였다. 도현 오빠와 민경 언니 말대로 정말 오래되어 보여서 과연 작동을 할까 싶었다.

가까이 다가가서 어떤 음료수가 있나 살펴보는데, 온갖 직업 이름이 적힌 음료수 캔이 잔뜩 있었다. 모든 음료수 색이 보라색이었는데, 포도맛인가?

'도현 오빠가 사이다 사 오라고 했는데, 사이다는 없나?'

음료수 캔들을 살펴보았지만 직업 이름만 보일 뿐이었다.

"의사, 작가, 변호사, 마술사, 건축사, 신발디자이너, 유튜버, 요

리사, 제빵사? 이게 뭐지?"

자판기 옆에는 손으로 잡아당길 수 있는 손잡이도 있었다. 그 손잡이를 잡아당기면 마치 무슨 일이 일어날 것 같았지만, 그냥 지나칠 김하늘이 아니지.

'끄으응.'

힘겹게 손잡이를 잡아당기니 음료수 캔에 적힌 직업 이름들이 바뀌었다.

'와, 이 자판기 안에 직업 음료수가 들었나?'

가격은 3000원이라고 적혀 있었다. 심지어 카드를 넣는 곳도 있었다.

"아니, 이렇게 신기한 자판기가 있는데 민경 언니랑 도현 오빠는 몰랐단 말이야?"

나는 혼자 중얼거리며 카드를 넣었다. 카드를 넣으니 맑고 청아하게 '띠리리' 하는 소리와 함께 음료수 캔 하나가 툭 나왔다. 나는 음료수 캔이 나오는 입구에서 캔을 꺼냈다. 거기에는 '가수'라고 적혀 있었다.

'가수? 무슨 가수는 가수야!'

나는 마음에 들지 않아 다시 음료수를 뽑아야겠다고 생각했다. 카드를 넣자 또 '띠리리' 하는 소리와 함께 음료수 캔이 나왔다. 거기에는 '초등교사'라고 적혀 있었다.

'오! 초등교사? 좋아! 도현 오빠는 가수 음료수 주고, 나는 이 거 마셔야겠다.'

목이 말랐던 나는 초등교사라고 적힌 음료수 캔을 따서 음료수 를 마시기 시작했다. 보라색 캔과 달리 온몸이 시원해지면서 상큼 한 과일 맛이 났다.

'이건 무슨 과일이지? 자몽인가? 망고인가? 뭔가 열대 과일 같 은데.' 하고 생각하는 순간 내 몸이 빙글빙글 돌기 시작했다.

"아! 뭐지? 뭐야? 살려 주세요!"

2부

초등학교
선생님이 된 김하늘

1

김하늘 초등학교 선생님이 되다

"다들 모이셨죠? 한 달 방학은 잘 보내고 오셨나요? 앞으로 3월까지 2주가 조금 넘게 남았는데요. 새로 만날 학생들을 생각하며 즐겁게 준비했으면 좋겠습니다. 그럼 학년과 업무의 배정을 알려드리기 전에 이번에 저희 학교로 신규 발령 난 선생님을 먼저 소개하겠습니다. 이번에 3월 발령 예정이신 김하늘 선생님은 오늘 제가 미리 학교에 한 번 출근하라고 했어요. 사실 3월 1일 자 발령인데 미리 준비도 해야 선생님도 좋을 것 같고 해서요."

누군가의 목소리가 들렸다.

'여기가 어디지? 학교인데? 분명 우리 학교인데? 내가 새로 발령 난 선생님이라고?'

민경 언니와 도현 오빠와 함께 있던 그곳이 아니라 내가 다니는 초등학교 교무실에 와 있었다.

'어떻게 된 일이지?'

거기다가 내 옆에는 잘 모르는 사람들이 앉아 있었고, 도현 오빠로 보이는 남자도 있었다.

'어? 도현 오빠인데 더 나이 들어 보이네.'

"자, 김하늘 선생님. 앞으로 나와서 선생님들께 인사 부탁합니다."

나이가 지긋해 보이는 여자 선생님이 나를 보며 다정하게 손짓했다.

"네? 네."

도대체 무슨 일인지 모르겠다.

'민경 언니랑 도현 오빠한테 음료수를 뽑아 오겠다고 하고는 자판기에서 음료수를 뽑았을 뿐인데……. 그래! 음료수야, 음료수. 초등교사라고 적힌 음료수를 마셨지. 그 음료수 때문에 내가 초등학교 선생님이 된 건가?'

"김하늘 선생님!"

약간 소리가 높아졌다. 나는 깜짝 놀라서 앞으로 나갔다.

"안녕하세요. 저는 김하늘이라고 합니다. 잘 부탁드립니다."

나는 부끄럽지만 공손하게 인사했다.

"김하늘 선생님은 올해 한국교육대학교를 졸업하고 임용고사도 바로 통과했습니다. 요즘 초등교사를 선발하는 임용고사가 '고사'가 아니라 '고시'인 거 여러분도 다 아시죠? 모두 박수로 맞아 주세요."

교무실에 앉아 있던 선생님 모두 박수를 쳤다. 도현 오빠는 눈을 찡긋거리며 아는 체를 했다.

'도현 오빠도 알고 있나? 지금 내가 이상한 세계에 와 있는걸?'

"멘토 선생님도 배정했어요. 3학년 2반 김하늘 선생님의 멘토 선생님은 3학년 1반 이서인 선생님입니다. 저희 학교는 교사 멘토－멘티 제도를 운영하고 있어요. 그리하여 선배 교사를 멘토로 지정해서 저경력 교사들을 도와줄 수 있도록 하고 있습니다. 그럼 학년과 업무 배정표를 나누어 드리도록 하겠습니다."

아무래도 선생님들 앞에서 말씀하고 계신 분은 교감 선생님인 것 같다. 내 앞에 있는 종이를 보니 김하늘이라는 내 이름이 3학년 담임 옆에 적혀 있었고, 유도현이라는 이름은 5학년 담임 옆에 적혀 있었다. 거기다가 내 이름 옆에는 '기초학력'이라고도 적혀 있었다.

'뭐지? 내가 3학년 담임이라고? 아니, 나는 5학년 학생인데? 내가 왜 3학년 담임이야? 뭐지? 내가 꿈을 꾸고 있는 것일까? 말도 안 되는 꿈.'

나는 잠에서 깨려고 고개를 마구 흔들었다.

"김하늘 선생님, 왜 그래요? 3학년이 그렇게 싫어요?"

옆에 있는 누군지 모르는 한 아줌마가 나에게 물었다.

'김하늘 선생님? 내가 아무리 선생님이 되고 싶다고 해도 그렇지 무슨 이런 꿈을 꿔. 당장 꿈에서 깨라고!'

나는 볼을 꼬집고 머리를 콩콩 쥐어박았다. 머리를 아무리 쥐어박아도 나 김하늘은 여전히 3학년 2반 담임, 신규교사였다.

"선생님, 제가 선생님의 멘토교사인 이서인이에요. 선생님 힘든 것 있으면 저한테 물어보세요."

옆에 있던 아줌마가 바로 이서인 선생님이었다.

"하늘아! 아, 이제 김하늘 선생님이지?"

도현 오빠였다.

"도현 오빠! 어떻게 된 일이야?"

나는 마치 구세주라도 만난 것처럼 도현 오빠가 반가웠다.

"어허, 학교에서는 유도현 선생님이라고 해야죠. 뭘 어떻게 되긴 어떻게 된 거야. 하늘이 넌 선생님이 된 거지. 아직도 임용고사 합격한 게 꿈 같아?"

아무래도 도현 오빠도 어떻게 된 일인지 모르는 것 같았다.

'초등학생인데 내가 어떻게 초등학생을 가르쳐. 망. 했. 다.'

초등교사가 되고 싶었지만 이렇게 빨리 되고 싶었던 것은 아니었다. 민경 언니와 도현 오빠에게 설명을 듣고 열심히 공부해서 차근차근 대학에 가고 대학 생활도 즐겁게 보낸 뒤 임용고사에 합격해서 되려고 했지. 이렇게 내 인생이 송두리째 날아가 버리다니.

'초등학교 5~6학년 2년, 중학교 3년, 고등학교 3년, 대학교 4년 총 12년이 날아갔다. 12년이……'

"김하늘 선생님, 이리 오세요. 교실 안내해 줄게요."

이서인 선생님이 손짓했다. 3학년 교실은 2층에 있었다. 3-2라는 간판이 이렇게나 부담스러운 것이었나.

"여기가 3학년 2반 교실이에요. 그리고 바로 저희 반 교실에 3학년 선생님들이 모여서 반 뽑기를 할 거예요."

이서인 선생님이 말씀하셨다.

"반 뽑기요?"

자판기에서 음료수만 뽑지 않았어도……. 반 뽑기, 음료수 뽑기…… 뽑기는 다 싫다!

"우리 3학년이 4반까지 있잖아요. 2학년에서 3학년으로 올라오면서 학생들 반 배정을 해 놓았거든요. 학생들 이름을 적어 놓은 명렬표를 봉투에 넣은 뒤 3학년 선생님들이 모여서 뽑는 거예요."

친절한 설명을 듣고 나니 이제 나는 정말 선생님이구나 싶었다.

"김하늘 선생님, 10분 뒤 저희 반 교실에서 모여요."

"네."

대답을 하고 교실에 들어섰다. 학생으로 들어서던 교실에 선생님으로 들어서니 다르게 보였다.

'좁아터진 책상에만 앉다가 저 큰 책상에 앉을 수 있다니. 신나는데?'

걱정되던 마음에서 슬슬 신나는 마음도 함께 샘솟기 시작했다. 학생들 책상과 의자, 칠판, 교실 뒤의 환경 정리판 등을 살펴보았다. 이 교실을 썼던 선생님과 학생들의 흔적이 군데군데 남아 있었다. 이제는 현실을 받아들이고, 내가 마셨던 보랏빛 초등교사 음료수를 다시 한 번 떠올렸다.

'다시 돌아갈 방법은 없을까? 이렇게 내 어린 시절을 잃어버린 걸까? 아니, 공부를 안 해도 되니까 좋은 건가?'

여러 생각을 하다가 어느새 10분이 지난 것을 확인하고 옆 반으로 갔다.

"안녕하세요."

나는 모기만 한 목소리로 인사했다. 벌써 다른 선생님들이 와 계셨다.

"안녕, 김하늘 선생님, 반가워! 나는 서민지라고 해."

크고 낭랑한 목소리로 인사하는 선생님은 30대 정도 되어 보였다.

"얼마 만에 온 신규야. 반가워요. 저는 김옥순이라고 해요."

나이가 지긋해 보이는 선생님도 인사하셨다.

"이제 3학년이 다 모였네요. 저희 학년 1년 동안 잘해 봐요."

"네, 부장님!"

이서인 선생님이 말씀하시자 다른 선생님들이 이서인 선생님을 부장님이라고 불렀다.

"부장님요? 여기가 회사예요?"

나는 우리 아빠가 회사에서 부장으로 승진했다고 좋아하시던 기억을 떠올리며 물었다.

"학년을 대표하는 선생님이라고 해야 할까요? 학년 업무를 총괄하는 선생님이에요. 학교의 각종 중요한 회의에 참석하셔서 저희에게 중요한 내용을 전달해 주세요."

서민지 선생님이 말씀해 주셨다.

"아, 그렇군요."

나는 고개를 끄덕였다. 그러고 보니 내가 초등학생 때도 1반 선생님은 항상 선생님들이 '부장님'이라고 불렀던 것 같다.

"여기 우리 3학년 학생들이에요. 그럼 뽑기를 하도록 해요."

이서인 부장님은 하얀 봉투 4개를 꺼냈고, 나를 포함한 선생님들은 봉투를 하나씩 집었다.

"아이쿠, 3학년에서 소문난 말썽꾸러기가 저희 반에 있네요."

서민지 선생님이 울상을 지으며 말씀하셨다.

"저희 반은 어때요?"

나는 뽑은 학생 명렬표를 다른 선생님들께 보여 드렸다. 우리 선생님들도 이렇게 반을 뽑고 누가 자기 반 학생인지 살펴보고 하셨겠구나 하는 생각이 들었다.

"김하늘 선생님 반에 진영이가 있네. 진영이는 통합교육을 받고 있는 특수반 학생이에요. 지체 장애로 국어와 수학 시간에는 특수반에 가서 수업을 들어요. 여러모로 신경을 써야 할 거예요. 나도 옆에서 많이 도와줄게요."

이서인 선생님이 말씀하셨다.

"개학 첫날까지 하셔야 하는 일을 말씀드릴게요."

부장님의 말씀에 나는 긴장이 되었다. 해야 할 일이라니, 교사가 되어서 해야 하는 첫 일이지 않는가.

"학급별로 교육과정을 작성해야 하는 거 아시죠? 1년 동안 내가 어떻게 학급을 운영하고 가르칠지 계획을 세우는 것이라고 할 수 있어요. 교사별로 교육 가치관이 있고, 반 학생들과 하고 싶은 활동들이 있으니 그것을 반영해서 교육과정을 작성해 주세요. 교육과정 안에는 평가를 어떻게 해야 할지도 함께 들어가야 합니다. 진도표와 현장 체험학습 계획도 넣어 주시고요."

나는 무슨 말인지 하나도 알아듣지 못했다.

"김하늘 선생님, 양식을 보내 드리니 너무 걱정하지 마세요."

내가 걱정한다는 것을 알아차리셨는지 이서인 선생님이 말씀하셨다.

"그리고 개학 첫날 가정에 보낼 가정환경조사서는 제가 각 학급에 배부할게요. 담임이 학부모님께 드리는 첫날 편지도 써서 가정에 보내 주시고요. 나이스에 기초 시간표 입력해 주세요."

'가정환경조사서는 선생님이 써 오라고 나누어 주셨던 것을 말하는 것 같은데. 가족도 쓰고 우리 집 주소도 쓰고 그랬었지. 나이스? 좋다? 뭐지?'

나는 얼른 인터넷에서 검색해 보았다. 당연히 알아야 할 것을 모르면 초등교사가 아니라 초등학생이라는 사실이 들통날 것 같았다.

나이스는 각급 학교를 아우르는 대형 네트워크다. National Education Information System의 약칭으로 교육행정에서 정부통합 문서관리시스템이다. 나이스 학생 서비스에서 공인 인증서로 간단하게 초등학교, 중학교, 고등학교의 생활기록부를 뗄 수 있다. NEIS가 도입되면서 학부모 서비스와 학생 서비스가 등장하여 학부모와 학생의 교육행정 정보 접근성을 높였고, 대학교에 원서를 접수할 때도 생활기록부를 출력하여 제출할 필요 없이 개인정보제공동의서만 내면 대학이 알아서 NEIS로부터 생활기록부를 내려받는다. 다만 개인정보 제공에 동의하지 않으면 기존 방식대로 생활기록부를 출력하여 등기 우편으로 보내거나 대학 입학 부서에 직접 제출한다.

'아, 그러니까 나이스라는 곳에 들어가서 선생님이 학생의 모든 것을 기록해 놓으면 그것이 전자상으로 보관된다는 거지? 잘 입력해야겠네.'

갑자기 부담감이 확 느껴졌다. 선생님들께서 나의 모든 것을 나이스라는 곳에 입력하고 있으셨구나 싶었다.

"교실 정리는 각자 하시고요. 교실 환경 정리도 차근차근 하시면 되겠습니다."

이서인 선생님은 해야 할 일을 계속해서 안내해 주셨다.

'교실 앞판, 뒤판에 뭐가 붙여 있었지. 선생님이 되었으니 그것도 다 꾸미고 해야겠구나.'

아직 시작도 하지 않았는데 해야 할 일이 정말 많은 것 같았다.

'대충 수업 가르치다가 집에 가시는 줄 알았는데, 이렇게 많은 일을 하고 계셨던 거야?'

갑자기 초등교사 음료수를 마신 것이 후회되기 시작했다.

2

교육과정과 학급 목표 만들기

교사는 방학 때 노는 줄 알았는데 우리를 가르칠 준비를 이렇게 하고 있었다니 몰랐다. 비록 초등학생이지만 스물네 살의 나는 다행히 스물네 살의 능력을 갖고 있기는 했다.

이서인 선생님께서 USB에 옮겨 주신 교육과정 양식을 열어 보았다. 학년별로 정해진 수업 시수가 있었고, 언제 어떤 수업을 할지 시간표도 정해야 했다. 각 과목의 진도표도 넣고, 내가 알고 있던 국어, 영어, 수학, 사회, 과학, 음악, 미술, 체육, 도덕도 있었지만 창의적 체험 활동, 자율 활동, 동아리 활동, 봉사 활동, 진로 활동 등은 도대체 무슨 말인지 모르겠다.

"전담 선생님이 들어오는 과목은 영어와 과학이에요. 전담 선생님이랑 상의해서 수업 들어오는 시간 정해지면 시간표에 그 시간은 고정해 두고, 시간표 짜 주세요."

이거 해라, 저거 해라 정신이 없었다.

"김하늘 선생님, 3학년 연구실로 올래요?"

서민지 선생님이 우리 반 교실 문을 열고 말씀하셨다.

"네? 연구실이 어디예요?"

"여기 옆에 연구실이라고 적혀 있어요."

선생님들이 항상 모여서 이야기하던 곳이 바로 연구실이었던 것이다. 연구실로 가니 교과서가 쌓여 있었다.

"3학년 교과서와 교사용 지도서 가져가세요."

서민지 선생님이 교과서를 정리하며 말씀하셨다.

'이게 교사용 지도서라는 거구나.'

교과서보다 훨씬 두꺼운 교사용 지도서를 보니, 학습 목표와 어떻게 지도하고 어떤 점에 유의해서 지도해야 하는지 등이 자세하게 나와 있었다.

'이것만 있으면 든든하겠는데?'

나는 교과서와 지도서를 들고 교실로 가서 학교 컴퓨터를 켰다.

"학교 컴퓨터 비밀번호도 교무실에서 받았고, 이제 교육과정이라는 것을 한번 짜 볼까나?"

먼저 학급 목표를 정해야 했다. 내가 초등학생일 때는 그저 공부하지 않는 학교를 만들고 싶다고 생각했는데, 단순한 꿈이었다. 학생이 공부를 하지 않을 수는 없지 않는가.

'다른 선생님들은 어떻게 했는지 물어봐야겠다!'

나는 먼저 멘토 선생님인 이서인 부장님을 찾아갔다.

"부장님."

이서인 멘토 선생님이 옆 반이니 편하긴 하다.

"네, 선생님."

"부장님의 학급 목표는 무엇이에요?"

나는 학급 목표를 뭐라고 정해야 할지 막막했다.

"몸은 튼튼, 마음은 반짝이에요. 그리고 우리 반은 항상 '꿈 드림 반'이라고 불러요. 우리 반만의 이름을 정해 주면 좋아하더라고요. 꿈이라는 게 얼마나 좋은지, 지금 내가 힘들어도 꿈이 있으면 행복하거든요. 그래서 나는 항상 꿈을 생각하고 우리 반 학생들에게도 꿈을 강조해요. 꿈을 이루려면 몸이 튼튼해야 하고 마음이 반짝여야 하니까. 너무 거창하게 생각할 것 없어요. 학급 목표를 한번 정하고 평생 바꿀 수 없는 것도 아니고, 올해 해 보고 내년에 선생님의 가치관이 생기면 다시 반영하면 되거든요."

이서인 선생님의 말씀을 듣다 보니 부담감이 조금 줄어드는 것 같았다.

"김하늘 선생님 아직 발령 난 것도 아닌데, 이렇게 학교 나와서 일하려니 힘들죠?"

따뜻한 이서인 선생님의 목소리에 힘이 나는 것 같았다.

"아니에요. 저는 모르는 게 많아서 배워야 해요. 집에 있어도 답답하기만 할 것 같아요. 제 나름대로 저희 반 목표를 정하고, 무엇을 할지도 정한다고 생각하니 설레요."

"이런 신규 선생님은 처음이네. 보통 3월 1일에 발령이 나고 3월 2일부터 첫 출근을 하거든요. 그런데 저희 교장 선생님께서 워낙 새 학기 준비를 중요하게 여기셔서 선생님께도 연락을 드린 것 같아요."

"네, 알겠습니다. 모르는 거 있으면 연락드려도 되지요?"

"그럼요. 저희 학교 선생님들 비상 연락망이에요."

이서인 부장님께서는 선생님들 연락처가 적힌 종이도 주셨다.

"아, 부장님. 저 몇 시까지 학교에 나오면 돼요?"

"학교마다 출퇴근 시간이 살짝 다르기는 한데, 8시간 근무예요. 우리는 점심시간도 근무 시간이에요. 학생들 급식을 지도하는 거라서 말이죠. 그래서 8시 40분에 출근해서 4시 40분에 퇴근합니다."

"아, 네."

나는 이서인 부장님이 계시면 든든하겠다 싶어서 마음이 따뜻해졌다.

"이서인 부장님!"

도현 오빠 목소리였다. 도현 오빠가 이서인 부장님 교실로 왔다.

"도현 오빠!"

"허. 오빠라니! 학교에서 호칭은 분명히 하자. 그런데 진짜 신기하다. 어떻게 여기서 하늘이 너를 만나냐?"

도현 오빠가 큰 소리로 말했다.

"둘이 아는 사이야?"

이서인 부장님의 질문에 우리는 서로를 보고 웃었다.

"제 여자 친구의 사촌 동생이에요."

'여자 친구?'

나는 도현 오빠의 말에 가슴이 쿵쿵 뛰었다.

"아, 오래 연애했다던 여자 친구? 이제 곧 결혼한다고 했지?"

"네. 하늘이가 초등학교 5학년 때 저희 학교에 캠퍼스를 구경한다고 왔었어요. 그래서 대학 생활을 설명해 주었는데 진짜 교대에 갔지 뭐예요? 그런데 이렇게 제가 있는 학교로 발령을 받아서 올 줄이야."

도현 오빠도 놀랐다는 듯이 말했다.

"그러게. 정말 인연이네. 그런데 유도현 선생님은 3학년 교실까지 웬일이셔?"

"우리 하늘이 부탁드리려고 왔지요."

"멘티인데 어련히 알아서 챙길까. 유도현 선생님은 여자 친구를 많이 좋아하나보다."

놀리는 듯한 이서인 부장님의 목소리에 도현 오빠 얼굴이 빨개졌다.

"저는 잘하겠으니 유 선생님도 김하늘 선생님 많이 도와주세요."

'내가 미래를 여행하는 건가? 나 선생님이 되는 건가?'

혼란스러웠지만 기분은 나쁘지 않았다. 아니, 솔직히 좋았다. 아직까지는 말이다.

"민경 언니는 어디 있어요?"

도현 오빠에게 물어보고는 아차 싶었다. 내가 갑자기 12년을 건너뛴 사실을 도현 오빠는 모를 텐데, 이런 것을 왜 물어보느냐고 수상하게 생각할 텐데 말이다.

"뭐야 새삼스럽게. 민경이는 근처 학교에서 근무하잖아."

도현 오빠가 이상하다는 표정으로 대답했다.

"어머, 그랬어? 혹시 새빛초등학교 김민경 선생님 말하는 거야?"

이서인 부장님이 깜짝 놀라시면서 물었다.

"네, 맞아요."

"감쪽같이 속였어."

이서인 부장님이 웃으며 말씀하셨다.

"일부러 속인 것은 아니에요. 민경이가 부담스러워 해서 굳이 먼저 말씀드리지 않았을 뿐이에요. 이서인 부장님 좋으시다고 평소에도 많이 말했어요."

도현 오빠가 머리를 긁적이며 말했다.

"그래. 나랑 같이 동학년 해서 잘 알지."

"동학년이요?"

나는 고개를 갸우뚱거렸다. 학교에서 쓰는 어휘들이 따로 있는 것 같다.

"아, 작은 학교도 있고, 큰 학교도 있잖아요. 학급 수가 많은 큰 학교는 동학년 위주로 학교가 돌아가요. 같은 학년 선생님들끼리 상의도 많이 하고, 회의도 많이 하고 말이에요."

"그렇군요."

이서인 선생님의 말씀은 학교 선생님이 처음인 나에게는 모두 도움이 되었다.

"그럼 우리 오랜만에 밥 먹자. 민경 선생님, 도현 선생님, 하늘 선생님 모두 같이. 아까 3학년 나머지 두 선생님은 약속 있어서 일찍 퇴근한다고 하셨거든."

이서인 부장님의 말씀에 나는 벌써 신났다. 우리는 근처 식당가에서 베트남 쌀국수를 먹기로 했다. 민경 언니는 여전했다. 여전히 모범생이었고, 예뻤다.

"부장님!"

민경 언니의 목소리에 이서인 부장님은 반가워하셨다. 도현 오빠와 결혼할 사이라는 것은 몰랐다며 어쩌면 그렇게 감쪽같이 속일 수 있냐며 장난 섞인 말투로 물으셨다. 오랜만에 만났는지 학교 근황과 개인적인 근황을 물으면서 정신없이 식당으로 들어섰다.

"쌀국수 한 그릇씩 먹고 분짜, 팟타이, 월남쌈 시켜서 같이 나누어 먹을까?"

이서인 부장님의 메뉴 제안에 모두 동의했다.

"아니, 이렇게 만나다니 정말 신기하다. 김하늘 선생님이 내 멘티야."

이서인 부장님이 팟타이를 개인 접시에 옮기며 말씀하셨다.

"하늘이가 초등교사가 된 데는 제가 크게 한몫했죠. 저와 캠퍼스 투어를 다녀와서는 선생님이 되겠다고 열심히 공부하기 시작했거든요."

민경 언니의 말에 나는 속으로 '그때 이후로 내가 열심히 공부했구나' 생각했다.

"김하늘 선생님이 학급 목표를 뭐로 했는지 묻더라고. 유도현 부장님, 김민경 선생님은 무엇으로 정했어?"

"저는 지, 덕, 체를 겸비한 초등학생이요. 공부도 하고, 인성도 바르고, 체력도 갖고 있어야 하니까요."

도현 오빠가 말했다.

"저는 함께하는 어린이, 배려하는 어린이, 성장하는 어린이요. 그런데 학급 목표는 정말 자꾸 바뀌어요. 하늘아, 너무 부담 갖지 말고 네가 만들고 싶은 반, 가르치고 싶은 것들을 생각해 봐."

민경 언니가 친절하게 말해 주었다.

그 밖에 교육과정을 어떻게 짜야 하는지 점심을 먹으면서 많이 배울 수 있었다. 그 이후로도 시시때때로 민경 언니와 도현 오빠, 이서인 부장님께 연락하면서 학급 교육과정을 만들어 갔다.

'그냥 되는 대로 가르치는 게 아니라 이렇게 1년 동안 무엇을 가르치고, 어떻게 평가하고, 그것을 배우게 하려면 어떤 체험학습을 갈지 다 계획하는 거였어? 그리고 사이버 안전 교육, 장애 이해 교육, 다문화 교육, 교통안전 교육, 보건 교육 등 가르치라고 하는 게 엄청 많네. 선생님이 우리 괴롭히려고 하는 줄 알았더니 나라에서 시켜서 무조건 가르쳐야 했던 거야?'

아직 교실에 들어서지도 않고 학생들을 만나지도 않았는데, 벌써부터 지친 기분이 들었다. 신나게 놀고, 방학 숙제하기 싫다고 미루고, 왜 선생님들은 숙제도 안 하면서 숙제만 많이 내 주느냐고 했던 내 모습이 생각났다.

'아, 선생님도 숙제가 엄청 많구나.'

한숨을 푹 쉬면서 학급 교육과정을 완성하려고 키보드를 두드렸다.

'일단 나는 학생들이 학교에 와서 즐거웠으면 좋겠고 행복했으면 좋겠어. 즐겁고 행복한 우리 반이라고 목표를 잡아야겠다.'

목표를 잡으니 교육과정도 쭉쭉 써 내려갔다.

3

김하늘 선생님, 첫 제자를 만나다

학생들을 만나는 첫날, 막상 무엇을 해야 할지 고민되었다. 내가 초등학교 시절 무엇을 했는지 기억을 더듬어 보았다. 불과 얼마 되지 않았는데도 벌써 생각이 나지 않는다. 자기소개도 했고, 친구들이랑 샐러드 게임도 했고, 친구들 찾기 놀이도 했던 것 같다.

민경 언니와 도현 오빠가 데이트하는 데도 끼어 3월의 첫 주 계획을 따라서 세웠다.

'내일은 드디어 선생님으로서 처음 학교에 가는 날이다. 아, 떨린다.'

나는 너무 떨려서 잠이 오지 않았다. 엄마는 내가 첫 출근을 한다고 여기저기 한턱내신 모양이다.

'엄마, 나 사실 스물네 살 하늘이 아니고 초등학교 5학년 열두 살 하늘이야. 나 내일부터 잘할 수 있겠지?'

그렇게 자는 둥 마는 둥 하고 지하철과 버스를 타고 학교로 갔다. 교문을 들어서는데 6학년으로 보이는 여자아이가 고개를 숙여서 인사했다. 나도 "선배님, 안녕하세요." 하고 같이 인사할 뻔했다.

'나는 선생님이야. 학생이 아니라고!'

3학년 2반 교실로 향했다. 오늘은 첫날이라 조금 빨리 출근했다. 8시 40분까지 출근하면 되는데 8시쯤 도착했다. 도착하자마자 칠판에 '온 순서대로 앉으세요.'라고 적었다. 학생들이 한 명씩 들어왔다.

"안녕하세요."

아이들은 인사하면서 쑥스러워 했다. 나도 새 교실에 들어오면서 새로운 담임 선생님이 무서운 선생님일지 아닐지 눈치를 살폈는데, 학생들도 그러고 있었다. 그렇게 학생들이 한 명씩, 한 명씩 다 들어오자 인사했다.

"안녕하세요. 3학년 2반~"

"안녕하세요."

몇몇 아이의 표정은 장난스럽게 보였고, 몇몇 아이는 긴장되어 보였고, 어떤 아이들은 피곤해 보였다.

"선생님 이름은 김하늘이에요."

첫날 선생님이 칠판에 이름을 썼던 것처럼 나도 내 이름을 썼다. 앞으로 1년간 함께할 선생님과 학생이 만나는 이 시간이 이렇게도 긴장되는지 몰랐다.

"이제 우리 자리를 정하도록 해요. 처음이니까 키 순서대로 앉을게요. 남자 한 줄, 여자 한 줄 이렇게 줄을 서 볼까요?"

금방 키 순서로 줄을 설 수 있을 줄 알았는데 학생들은 우왕좌왕하면서 줄을 서지 못했다.

"내가 더 키가 커."

"아니야, 내가 더 커!"

"키 순서대로 줄 서래!"

서로 싸우기도 했다. 나는 조용히 하라고 한 뒤 키를 재서 줄을 세웠다. 한 명씩, 한 명씩 키 작은 학생들부터 앞줄에 앉게 했다. 그리고 오늘 해야 할 일을 적어 놓은 수첩을 다시 보았다. 잊어버릴까 봐 민경 언니와 도현 오빠에게 물어서 오늘 할 일을 적어 두었는데 아주 다행이었다.

- ~~학생들에게 이름 소개~~
- ~~키 순서대로 자리 앉히기~~
- 번호 알려 주기

- 신발장과 사물함 자리 배정
- 자기소개
- 학급 규칙 생각하기
- 가정통신문과 시간표, 가정현황조사서, 학부모에게 보내는 편지 등 배부하기

'이제 학급 번호를 알려 준 뒤 신발장이랑 사물함 자리를 알려 줘야겠네. 내가 정신없는 거 학생들이 눈치채고 앞으로 내 말을 안 들으면 어떡하지?'

나는 걱정하면서 학생들에게 학급 번호를 알려 주었다. 번호대로 신발장과 사물함 자리도 알려 주었다. 이제 어느 정도 정리되었으니 학생들의 자기소개를 들어 볼 차례다.

'민경 언니가 그냥 자기소개를 하라고 하면 힘들어 한다고 했으니까, 이거 나누어 주면서 하라고 해야지.'

나는 예쁜 꽃 모양의 종이를 나누어 주었다. 꽃잎마다 이름, 내가 좋아하는 음식, 내가 좋아하는 색, 장래 희망, 친구들에게 하고 싶은 말을 적게 했다.

"저는 박진호입니다. 제가 좋아하는 음식은 뭐니 뭐니 해도 치킨입니다! 장래 희망은 놀고먹는 백수입니다."

진호의 말에 아이들은 모두 웃었다.

'분위기 메이커가 될 것 같군.'

속으로 학생들의 첫인상을 생각하며 자기소개를 들었다. 대부분이 모기만 한 목소리로 몸을 비비 꼬면서 발표하는 바람에 아이들의 스피커 노릇을 하면서 다시 읽어 주어야 했다.

"저는 윤준수입니다."

"더 말할 거 없니?"

간단한 이름 소개만 하고 들어가려는 준수를 붙잡고 물었다. 고개를 끄덕이는 준수에게 더 이상 할 말이 없었다.

'준수와 잘 지낼 수 있을까?'

"안녕하세요. 임시현입니다. 저는 아이돌 가수가 되는 게 꿈입니다. 제가 좋아하는 색은 분홍색이고, 모든 과일을 좋아합니다."

누가 보아도 예쁘장한 시현이는 아이돌 가수가 꿈이라고 했다. 옷도 눈에 띄게 입어서 연예인 끼는 타고나는 것인가 싶었다.

"안녕하세요. 한민준입니다. 저는 초록색을 좋아하고, 라면을 제일 좋아합니다."

민준이를 끝으로 24명의 학생 모두 자기소개를 마쳤고, 칠판에 서서 한 명씩 사진도 찍었다. 교실에서 지켜야 할 규칙을 이야기해야 하는데 벌써 시간이 끝나고 있었다.

'아, 나누어 주어야 할 것이 많았지.'

시간표, 가정현황조사서, 학부모에게 보내는 편지뿐만 아니라

우유급식희망서, 개인정보동의서 등 나누어 주어야 하는 가정통신문이 열 장이나 되었다.

"내일 꼭 가져와야 하는 가정통신문은 잊지 말고 가져오세요!"

학생들과 인사하고 그렇게 첫 만남이 끝났다. 학생들이 가고 나자 어지러워서 의자에 털썩 주저앉았다.

1년 뒤 나에게

안녕, 하늘아. 1년 뒤 넌 어떤 사람이 되어 있을까? 훌륭하게 3학년 2반 선생님을 마치고 다시 5학년 초등학생으로 돌아갔을까? 아니면 그냥 이 세상에서 계속 살고 있을까? 아니면 중간에 돌아가서 이 편지를 다시 펼쳐 보지 못했을까? 어떤 선택을 하든 지금 이 순간에 최선을 다하자. 3학년 2반 학생들에게 좋은 선생님이 되자. 다시 돌아간다면 5학년 김하늘로 최선을 다하자.

4

다시 하게 된 임원 선거

"3학년 2반, 오늘은 임원 선거가 있는 거 알죠? 선생님도 초등학생 때 반장 선거에 나가서 당선된 적도 있고 떨어진 적도 있어요. 당선되면 당선이 된 대로, 떨어지면 떨어진 대로 배울 점이 있으니 꼭 나가 보기를 추천합니다."

나는 학생들에게 임원 선거를 안내했다. 어제 동학년 회의를 하면서 임원 선거에 대한 사항은 다 안내받은 상태였다.

"저희 학교는 임원 선거를 전자 투표로 하고 있어요. 학생회 업무를 담당하는 김옥분 선생님이 메신저로 보내 준 프로그램을 컴퓨터에 설치하세요. 그것으로 학생들이 한 명씩 나와서 후보 번호를 누르면 수가 저절로 계산되거든요. 한 학기에 한 번, 회장 한 명, 부회장 남녀 각 한 명씩 해서 총 세 명을 뽑습니다. 학생들에게 친구를 추천하라고 해요. 자기 자신을 추천할 수도 있어요. 추천한 뒤 그 학생이 후보에 오르는 것에 다섯 명 이상이 동의하면 후보에 이름을 올릴 수 있어요. 그렇게 후보 학생들이 정해지면 각자의 연설을 듣고 투표를 시작합니다. 과반수 이상의 표를 얻어야 하기 때문에 과반수가 나오지 않으면 표가 많이 나온 순으로 두 명만 남기고 다시 투표를 합니다."

임원 선거를 하는 방법을 듣고 나니 머리가 또 복잡해졌다. 혹시라도 실수할까 봐 방법을 확인하고 또 확인했다.

'이서인 부장님이 말씀하신 프로그램도 모두 설치했고, 임원 선거를 하는 방법도 다시 읽었지. 실수하지 않을 수 있지?'

임원 선거가 시작되었다.

"우리 반 회장이 되었으면 좋겠다고 생각하는 사람을 추천해 주세요."

"저는 진호를 추천합니다."

경민이가 진호를 추천했다.

"저는 시현이를 추천합니다. 시현이는 공부도 잘하고, 친구들에게 친절하기 때문입니다."

시현이의 단짝으로 보이는 수진이가 말했다.

"저는 경민이를 추천합니다."

경민이가 추천했던 진호가 다시 경민이를 추천했다. 이래도 되는 건가 싶었는데 딱히 안 된다는 말은 들은 적이 없어서 그대로 진행했다.

"더 이상 없나요?"

"선생님, 자기 자신을 추천해도 되나요?"

준수였다.

"네, 그럼요."

"그럼 저는 저 윤준수를 추천하겠습니다."

그렇게 해서 후보에는 박진호, 김경민, 임시현, 윤준수 학생이 올라왔다.

"회장 선거 공약을 들어 보기로 해요. 누가 먼저 해 볼까? 우리 시현이부터 해 볼까?"

"네? 저요?"

나는 가장 똑똑해 보이는 시현이가 먼저 하면 다른 친구들도 잘할 수 있지 않을까 싶어서 시현이부터 시켰다. 시현이는 긴장이 되었는지 마지못한 표정으로 나왔다.

"안녕하세요. 저는 임시현입니다. 제가 회장이 된다면 저희 반을 가장 공부를 잘하는 반으로 만들겠습니다. 항상 조용하게 책을 읽을 수 있는 분위기를 만들고, 제가 먼저 솔선수범하는 사람이 되겠습니다."

"솔선수범이 뭐냐?"

시현이의 발표에 진호가 크게 말했다.

"내가 먼저 나서서 모범이 된다는 뜻이다. 이 바보야!"

시현이가 맞받아쳤다.

"솔선수범한다면서 바보라고 욕하는 건 괜찮나 보지?"

진호의 말에 시현이가 눈물을 글썽이며 진호를 째려보았다. 곧 싸움이 일어날 것만 같아서 얼른 다음 차례로 넘어갔다.

"자, 친구끼리 그런 말 하면 안 돼요. 진호 나오세요."

"저는 박진호입니다. 아시다시피 저희는 공부에 너무 지쳐 있어요. 제가 회장이 된다면 저희 반을 재미있는 반으로 만들겠습니다. 아침마다 제가 재미있는 이야기를 하나씩 해 주겠습니다. 웃음이 나오면 우리는 행복해지고 그러면 즐거운 학교생활을 할 수 있을 것입니다. 저에게 한 표만 주십쇼잉."

진호가 두 손을 펴서 한 표만 달라는 시늉을 하면서 말을 하자 친구들은 하나둘 웃기 시작했다. 하지만 시현이의 표정은 더욱 굳어졌다.

"다음 경민이가 나올까요?"

"저는 회장 하기 싫은데요?"

나는 경민이의 말에 당황했다.

"그래도 경민이를 추천한 친구가 있으니 기권할 거라면 정중하게 기권해 주세요."

"정중하게 기권하는 게 뭔데요?"

"추천해 주셔서 감사하지만 저는 회장을 할 생각이 없습니다 하고 말하는 거예요."

"장난으로 회장 선거를 하냐? 나를 왜 추천해!"

경민이는 나오지도 않고 앉아서 소리를 질렀다. 겨우 앞으로 나오게 해서 기권하겠다는 말 한마디를 하고 들어가게 했다.

"준수가 마지막입니다. 준수 나와 주세요."

"제가 회장이 된다면 남자들의 천국을 만들겠습니다. 여자아이들이 남자아이들을 때리지 않게 하고, 급식도 남자 먼저 먹도록 하겠습니다. 모둠 활동을 할 때마다 여자아이들이 남자아이들을 구박하는 일이 없도록 하겠습니다."

준수의 말에 남자아이들의 함성 소리가 교실을 가득 메웠다.

- 후보 1번 임시현
- 후보 2번 박진호
- 후보 3번 윤준수

나는 전자 투표 프로그램에 후보 이름을 등록했고, 학생들은 한 명씩 나와서 자신이 선택하고 싶은 후보 번호를 누르고 들어

갔다.

"자, 이제 모든 학생이 투표를 마쳤습니다. 선생님이 '결과 보기' 버튼을 누르면 이제 누가 우리 반 회장이 되었는지 나옵니다."

학생들은 책상을 두드리며 두구두구 하고 외쳤다. 나도 궁금했다. 그리고 결과를 보고 놀라고 말았다. 3학년 2반의 회장은 바로 윤준수 학생이었다. 24명 중 남학생이 14명이었는데, 아마도 진호가 자기를 찍은 것 외에 13명이 모두 준수를 찍은 것 같았다.

"이렇게 해서 13표로 윤준수 학생이 3학년 2반의 1학기 회장이 되었네요."

준수와 남자아이들은 소리를 지르고 있었고 시현이는 책상에 엎드려 울고 있었다. 나도 당황했지만 그렇게 임원 선거가 마무리되는 줄 알았다. 다음 날 교무실로 걸려 온 전화를 받기 전까지는 말이다.

"김하늘 선생님, 전화 연결해 드릴게요."

"선생님, 안녕하세요. 시현이 엄마예요."

"네, 안녕하세요. 시현이 어머님."

나는 학부모와의 전화 통화는 처음이라 깜짝 놀라 대답했다. 무슨 일이지? 내가 무슨 잘못을 했을까 하며 가슴이 두근댔다.

"다름이 아니라 시현이 말이 친구들이 추천하고 나서 다섯 명 이상의 동의를 받는 과정을 거치지 않았다고 해서요. 게다가 후보에 추천된 순서로 후보 연설을 해야 하는데 그냥 시현이부터 시키셨다고."

시현이 말을 들으니 틀린 것이 하나도 없었다. 아차 싶었다. 아니 정말 큰일이구나 싶었다.

"아, 네. 죄송한데요, 제가 더 알아보고 전화를 드리겠습니다."

나는 아무 말도 하지 못하고 일단 전화를 끊었다. 그리고 무작정 옆 반으로 갔다. 이럴 때 멘토 선생님이 계셔서 얼마나 다행인지 모른다.

"이서인 부장님!"

나는 울먹거리는 목소리로 부장님을 불렀다.

"왜?"

자초지종을 설명했더니 부장님도 표정이 어두워지셨다.

"선거의 규칙과 절차를 따르지 않으면 안 되는데……. 시현이가 회장이 안 되었다고 따지는 것처럼 보이겠지만 시현이 어머님 말씀이 하나도 틀리지 않았거든. 시현이 어머님은 학부모 회장이고 운영위원회도 계속하시고, 시현이 오빠도 이 학교에 다녀서 아주 잘 알고 계시는 것 같아. 어제 임원 선거 안내하는 종이 다시 안 읽어 봤어?"

"읽어 봤는데 깜빡했어요."

나는 기어 들어가는 목소리로 대답했다. 쥐구멍으로 숨고 싶었다.

"교장 선생님과 교감 선생님께 말씀드려 볼 테지만 아무래도 임원 선거를 다시 해야 하지 않을까 싶다."

이서인 부장님께서 말씀하셨다.

"네? 학생들한테는 뭐라고 하고요?"

걱정스러운 내 목소리에 당연히 절차가 잘못되었다는 설명을 하고 사과해야 한다고 말씀하셨다.

"학생들이 저를 뭐라고 생각할까요? 이제 제 말은 듣지 않는 거 아닐까요?"

"아닐 거야. 처음부터 제대로 선거를 한 것과 다시 재선거를 한 것의 차이가 없지는 않을 테지만, 이런 경험으로 잘못이 있으면 바로잡아야 한다는 것을 배울 수 있지. 우리 좋게 생각하자."

이서인 부장님의 말씀에 위안이 되면서도 역시 나는 선생님은 하면 안 되는데 하는 자책과 함께 다시 초등학교 5학년 학생으로 돌아가고 싶었다.

'엄마, 엄마 보고 싶어.'

울고 싶었다. 이서인 부장님은 교장실로 가셨다. 나도 얼른 쫓아갔다. 무슨 말씀을 나누실지 궁금하기도 하고 걱정도 되었다.

"이서인 부장님, 임원 선거 규칙을 제대로 알려 주었어야죠. 학부모 민원이 잠잠해질 것 같으면 또 생겨요. 임원 선거에서 공정

성이 얼마나 중요한지 아시지 않으세요?"

교장 선생님께서 이서인 부장님께 한소리 하고 계셨다. 어쩔 줄 모르고 있는데 이서인 부장님이 교장실에서 어두운 표정으로 나오셨다.

"부장님⋯⋯."

나는 할 말이 없었다. 교장실로 들어가서 '교장 선생님, 제가 제대로 이해하지 못하고 임원 선거를 치렀어요. 죄송합니다.'라고 말씀드리고 싶었지만 그럴 용기가 없었다.

"괜찮아. 교실로 가서 이야기하자."

부장님은 교실로 나를 데려갔다.

"교장 선생님께서 임원 선거를 다시 하라고 하셔. 학생들과 학부모님들께 실수를 인정하고 다시 회장을 뽑아야 한다고 해."

"부장님, 괜찮을까요? 그냥 선거만 다시 하면 될까요? 제가 학생들에게 너무 큰 실수를 한 것 같아요. 부장님께도 죄송해요."

"어쩔 수 없지. 잘 설명하는 수밖에. 내가 더 자세하게 말해 주고 한 번 더 확인해야 했는데⋯⋯."

"아니에요. 제 잘못이죠."

당연한 결과였지만 학생들과 학부모들에게 자신의 실수를 인정하고 그 실수를 바로잡는 일은 생각보다 힘들었다.

"선생님, 그럼 준수가 회장이 된 것은 잘못이에요?"

"준수가 회장을 하면 안 되는 거예요?"

"준수 뽑으면 안 되는 거였어요?"

아이들이 다른 방향으로 준수를 회장으로 뽑은 것이 잘못인지 질문하는 통에 선생님인 내 실수라고 설명하느라 진땀을 뺐다.

사실 내 설명을 학생들이 다 이해했는지 모르겠다. 어찌 되었든 이번에는 정신 똑바로 차리고 다시 처음부터 시작한다는 마음으로 절차에 맞추어 후보를 등록했다.

3학년 2반의 회장 후보는 이렇게 다시 선출되었다.

- 후보 1번 박진호
- 후보 2번 임시현
- 후보 3번 윤준수

역시 준수는 남자아이들의 천국을 만들겠다고 했고, 남자아이들의 적극적인 지지를 받았다.

"선생님, 준수처럼 말도 안 되는 공약을 말해도 되나요?"

시현이는 화난 목소리로 물었다.

'그러게. 그래도 되나 판단이 안 서네. 아, 힘들다, 힘들어.'

이렇게 속으로 생각하면서 입을 열었다.

"후보 연설을 어떻게 할지 정해진 것은 없지만 시현이 말대로 실천 가능한 것을 했으면 좋겠어요. 그리고 우리는 모두 1년 동안 함께 가야 할 한 반이에요. 서로 남자, 여자 하면서 편 가르기 하지는 않았으면 좋겠네요."

다시 투표를 진행했다. 어떻게 되었을까? 결국 또 준수가 회장이 되고 말았다.

'어떡하지? 학생들이 뽑은 결과이기는 하지만 재선거를 한 것이라 마음이 좋지 않았다. 게다가 말썽꾸러기라고 소문난 준수, 남자아이들의 천국을 만들겠다는 준수가 회장인데 어떻게 될지 걱정이 한가득이었다. 각자에게 자신의 일을 정해 주어야겠다는 생각이 들었다.

'내가 초등학교 때 1인 1역을 했었지. 우리 반 학생들하고도 해야겠다. 자기가 사용한 장소를 청소하고 자신의 역할을 하면서 소속감도 생기고 책임감도 배우겠지?'

나는 1인 1역 표를 만들었다. 교실 쓸기, 교실 바닥 닦기, 칠판 닦기, 학급문고 정리하기, 쓰레기통 비우기, 교실 먼지 닦기, 복도 쓸기, 복도 닦기, 창틀 닦기 등에 학생 이름표를 붙였다.

"여러분, 우리 교실은 누구의 교실이죠?"

"음, 선생님 교실?"

학생들이 고개를 갸우뚱거리며 대답했다.

"선생님 교실인가요?"

나는 다시 학생들에게 되물었다.

"우리 교실?"

준수가 말했다.

"맞아요. 우리 모두의 교실이죠. 이 교실은 누가 청소해야 하죠?"

"청소 아주머니?"

준수가 또 말했다.

"무슨 청소 아주머니가 교실을 청소하니? 우리가 해야지."

시현이가 말했다.

"맞아요. 우리가 쓰는 교실이니까 우리가 직접 청소해야 합니다. 선생님이 모두에게 역할을 적었어요. 오늘부터 이렇게 청소하는 거예요. 청소를 다했으면 자기 이름표를 이렇게 붙여 놓으세요."

역할	이름
교실 쓸기	
교실 바닥 닦기	
칠판 닦기	
학급문고 정리하기	
쓰레기통 비우기	

역할	이름
교실 먼지 닦기	
복도 쓸기	
복도 닦기	
창틀 닦기	
연필깎이 통 비우기	
책상 줄 맞추기	

아이들은 나름대로 청소를 열심히 하고 자기 이름표를 붙여 놓았다. 하지만 며칠이 지나자 잊어버리고 청소를 하지 않거나, 아예 하지 않은 채 하교하는 학생들이 생겼다.

'선생님이 되면 학생들을 혼내고 검사하는 게 제일 재미있을 줄 알았는데 생각보다 귀찮네. 그래, 요즘 회장이 하는 일도 없는데 준수한테 검사하라고 해야겠다.'

"3학년 2반, 1인 1역을 잊어버리고 하지 않은 친구들이 있네요. 오늘부터 준수가 친구들이 1인 1역을 잘하는지 보고 잘했으면 이름표를 표에 붙여 주세요."

"네!"

준수는 기분이 좋은지 크게 대답했고, 다른 학생들은 걱정스런 표정을 지었다.

"자, 자. 오늘부터 그렇게 하는 것으로 하고 화장실 다녀와서 1교시 시작하도록 할게요."

나는 화장실 끝 칸으로 들어갔다. 학생들과 같은 화장실을 쓰는 것이 생각보다 신경 쓰였다. 그런데 밖에서 시현이와 수진이의 목소리가 들렸다.

"아니 1인 1역을 왜 준수한테 검사받아야 하는 거야?"

"준수가 선생님이야?"

"그러니까 기분 나빠. 선생님은 그냥 선생님이 검사하면 되는 것 가지고 왜 준수한테 시키지?"

"자기가 하기 싫어서 그렇지 뭐."

"윤준수가 제대로 하겠냐?"

나는 밖으로 나가야 하나 말아야 하나 고민했다.

'그래, 나가자.'

내가 나가자 시현이와 수진이는 눈을 동그랗게 뜨고 쳐다보고는 도망치듯 교실로 갔다. 나는 화가 났다. 무시받는 느낌이 들었고, 시현이와 수진이를 혼내 주고 싶은 생각도 들었다. 그렇지만 선생님 욕을 했다고 혼낼 수는 없는 노릇이었다.

"준수가 1인 1역 검사를 하는 것에 불만인 친구들이 있나 봐요. 회장은 선생님이 없을 때 선생님 대신이라고 생각하세요. 또 아무리 마음에 들지 않아도 회장으로 뽑힌 이상 회장으로 대우해 주도록 하세요."

나는 약간은 화난 목소리로 학생들에게 말했고, 시현이와 수진이는 고개를 숙이고 있었다. 그렇게 일주일이 지났다.

"선생님, 준수가 1인 1역을 남자아이들만 통과시켜 줘요. 여자아이들은 500원씩 낸 사람만 통과시켜 줘요."

몇몇 학생이 볼멘소리를 하기 시작했다.

"뭐라고?"

말도 안 되는 소리에 설마 사실이 아니겠지 싶었다. 혹시나 했지만 역시나 사실이었다.

시현이와 수진이는 그럴 줄 알았다는 표정을 했고, 준수는 뭐가 잘못이냐는 표정을 짓고 있었다. 나는 준수를 데려다 꾸중한 뒤 돈을 다시 돌려주라고 했다.

"돈은 이미 다 써 버려서 없는데요."

준수는 텅 빈 호주머니를 보란 듯이 보여 주며 말했다.

할 말이 없었다. 이 상황을 만든 것은 나라는 생각이 들었다.

"그래. 앞으로는 그렇게 하지 마."

나는 힘없이 말하고는 500원을 빼앗긴 학생들에게 내 돈으로 나누어 주었다.

사실 이 방법이 맞는지 잘 모르겠다. 교실에서 일어난 일은 정답이 없으니 더 힘든 것 같다.

'이럴 때 어떻게 하라고 알려 주는 기계가 있으면 얼마나 좋을까?'

교실은 사건 사고 투성이라 매일 막막한 생각이 들었다. 교실이라는 공간은 학생과 교사, 학부모와 교사, 교사와 교사가 서로 얽히고설켜 더 힘든 것 같다. 내가 해야 할 일을 하면서 학생과 학부모가 원하는 것을 반영하는 동시에 교육 가치관까지 지켜야 하기에 교사와 학생, 학부모 사이에서 줄타기를 하는 것 같았다.

'내가 잘해 나갈 수 있을까?'

점점 자신이 없어졌다.

5

업무 포털과 씨름하기

"김하늘 선생님, 학생들 하교 시켰어요?"

서민지 선생님이셨다.

"네."

나는 힘없는 목소리로 대답하며 서민지 선생님을 바라보았다.

"그럼 커피 한잔하면서 동학년 회의하게 연구실로 와요!"

속으로 또 일을 주시려고 회의를 하나 하는 생각이 들었다.

하지만 지금 나로서는 선생님들께 물어보지 않으면 내일 하루를 또 어떻게 보내야 할지, 어떤 일을 해야 할지 하나도 몰랐기 때문에 챙겨 주는 선생님들이 오히려 고마웠다.

"김하늘 선생님, 어땠어요?"

이서인 부장님이 말씀하셨다.

"너무 힘들어요. 선생님이 이렇게 정신없는 줄 몰랐어요."

다른 선생님들도 힘들었을지 궁금했다. 내가 아무것도 모르는 선생님이라 그런 걸까? 아니면 어려서 그런 걸까?

"역시 3월은 힘들지. 이제 시작이에요. 30년 된 나도 힘들어. 여전히."

김옥분 선생님께서 힘없는 목소리로 말씀하셨다.

"다들 힘드시겠지만, 해야 할 일들을 말씀드릴게요."

1. 학급 교육과정 결재를 올려야 하니까 제출해 주세요.

2. 학급 명부 작성하셔서 내일까지 제출해 주세요.

3. 우유급식희망서, 방과후교실신청서, 건강상태조사서를
   모두 회수하셔서 이번 주까지 제출해 주세요.

4. 이번 학기 평가 계획을 제출해 주세요.

5. 나이스에 평가 기준을 적어서 올려놓으세요.

6. 이번 학기 학습 준비물 작성하셔서 제출해 주세요.

나는 받아 적는 것만으로도 정신없었다. 가정통신문을 빨리 가져오라고 닦달하셨던 이유가 선생님도 빨리 제출해야 해서 그러셨구나 싶었다.

"그리고 교감 선생님께서 자기가 맡은 업무에 해당하는 운영계획서 결재도 올리라고 하셔요. 김하늘 선생님은 기초학력 업무인데 내가 도와줄 테니까 함께해요."

이서인 부장님의 친절한 목소리가 친절하게 들리지 않았다. 처음이라서 알아듣기가 힘들었으니 말이다.

"주간 학습 안내도 작성해서 나누어 주셨죠?"

"아니요?"

나는 이서인 부장님의 물음에 깜짝 놀라서 대답했다.

"한 주 동안 어떤 공부를 할지 안내하는 거예요. 오늘 작성해서 내일 나누어 주세요."

"네. 오늘은 자리 정하고 자기소개하고 하다 보니까 시간이 다 지나갔어요. 그럼 이제 교과서를 공부하면 되나요?"

"나는 교과서를 공부하기 전에 학급 규칙도 정하고, 청소 구역도 정하고, 1년 뒤의 나에게 보내는 타임캡슐 편지도 써. 학급 규칙을 잘 지키거나 잘 지키지 않을 때 어떻게 할지 상품이랑 벌칙도 알려 주고. 하다 보면 또 내일 하루는 금방 가더라고. 그리고 교과서 공부를 시작해. 3월에 우리 반이 어떻게 지낼지 잘 정해 두어야 1년 생활이 예상되고 안정되거든. 필요하면 내가 쓰는 양식 메신저로 보내 줄게."

서민지 선생님이 말씀하셨다.

"네. 보내 주세요!"

학교에서는 많은 일이 메신저로 통하고 있었다. 서로 물어보거나 일을 전달하거나 할 때 문자를 하는 것처럼 학교 컴퓨터 안에서 선생님들끼리 사용하는 메신저가 있었다.

역시 선생님들과 함께 이야기하다 보니 학생들과 어떻게 지내야 할지, 어떤 일을 어떻게 해야 할지 많이 배울 수 있었다.

'학생 때 선생님들이 모여서 이야기를 하고 있으면 무슨 이야기를 하나 궁금했는데 이런 이야기를 하고 계셨구나.'

수업이 끝나면 선생님들이 여유 있게 교실에 앉아서 컴퓨터만 바라보고 있다고 생각했는데 이렇게 많은 일을 하고 계셨구나 싶었고 말이다.

나는 교실로 돌아가서 서민지 선생님께서 보내 주신 것들을 살펴보았다. 내일은 어떤 일이 생길지 기대되기도 하고 걱정되기도 했다.

학생들이 하교하고 교실에서 고민하고 있는데 갑자기 전화벨이 울렸다.

"김 선생님, 다음 주까지 교육청에 제출해야 하는 공문이 있던데 확인하셨나요?"

교감 선생님이셨다.

"고, 공문이요?"

"네, 잘 모르겠으면 부장님하고 상의해서 처리하고 결재 올려 주세요."

나는 전혀 모르는 말들에 혼란을 느꼈다. 교감 선생님이 내가 맡은 업무는 '기초학력'이라고 말씀하셨다. 공문을 어떻게 보는지도 모르는데 너무 답답했다.

바로 1반 교실로 달려갔고, 이서인 부장님을 찾았다.

"부장님, 교감 선생님이 다음 주까지 교육청에 제출해야 하는 공문이 있대요. 어떻게 해야 할지 모르겠어요. 큰일이에요. 공문은 어떻게 보는 거예요?"

거침없이 질문만 해 대는 내 말에 부장님은 직접 내 교실로 와서 컴퓨터 앞에 앉으셨다.

"나이스 업무 포털 사이트에 접속하고 k-에듀파인에 들어가는 거야."

웹 사이트와 공문을 보는 방법을 알려 주셨다.

"공문이란 회사나 공공 기관에서 업무상 작성해서 보내는 문서를 말해. 무엇을 보고하라, 조사하라 이런 걸 매번 전화로 할 수는 없잖아. 그래서 이렇게 전자 문서로 보내는 거지. 김하늘 선생님이 맡은 업무와 관련된 공문이 여기 와 있으니까 매일 확인해서 처리하면 돼. 학년별 학습 부진 학생 수를 보고하라네. 우리가 이번 주 내로 진단평가를 실시해야 하거든. 진단평가 관련 공문도와 있었네. 공문을 잘 확인하지 않으면 놓치게 되니까 확인 잘해야 해."

"네."

무슨 할 일이 이렇게나 많은지 정신이 하나도 없었다.

나는 공문에 나와 있는 진단평가를 볼 수 있는 웹 사이트를 학년별로 안내했다.

「이 웹 사이트에서 시험지를 인쇄하셔서 진단평가를 보시면 됩니다. 학년별로 기준 점수 보시고 부진 학생 수를 다음 주 월요일까지 알려 주세요.」

담임 선생님들께 메시지를 보냈다. 내가 맡은 3학년 시험지도 인쇄해야 했다.

'3학년은 총 네 반이니까 네 반 것을 인쇄해야겠다. 근데 너무 많은데 어디서 인쇄하지?'

"부장님, 3학년 진단평가 시험지 인쇄하려고 했더니 네 반 것을 해야 해서 너무 많아요. 어떡하죠?"

역시 나에게는 부장님밖에 없었다.

"1층에 인쇄실 있어. 거기에 복사 신청해 두어도 되고, 교무실에 있는 복사기로 복사해도 돼."

"아, 네. 감사합니다!"

"그리고 작년에 유도현 선생님이 기초학력 업무를 맡았으니까 한 번 물어보면 도움이 될 거야. 1년간 어떤 업무를 하는지 머릿속에 넣고 있으면 좀 낫거든. 필요한 자료 있으면 받아 두고."

"고맙습니다, 부장님. 부장님 없었으면 저 어떻게 됐을까요?"

"어떻게 되긴. 또 다른 선생님이 알려 주시고 그랬겠지."

이서인 부장님은 웃으며 말씀하셨다.

나는 유도현 선생님이 있는 5학년 1반 교실로 갔다. 창문으로 보니 도현 오빠가 무척 바빠 보였다. 대학교 캠퍼스에서 보았던 그 모습과는 사뭇 달라 보였다.

"유도현 선생님~"

나는 모기만 한 목소리로 도현 오빠를 부르며 빼꼼히 교실 문을 열고는 안을 쳐다보았다.

"어? 하늘아! 아니지. 김하늘 선생님, 어서 오세요. 무슨 일이야?"

도현 오빠는 반갑게 나를 맞아 주었다.

"제가 기초학력 업무를 맡았는데 작년에 유도현 선생님이 이 업무를 하셨다고 들었어요. 어떻게 하는 건지 물어보려고 왔어요. 너무 막막해요."

"그래. 내가 업무 인수인계를 했어야 했는데. 앉아 봐 설명해 줄게."

도현 오빠는 의자를 빼서 앉으라고 손짓하며 말했다.

"기초학력 업무는 우리 학교 학생들의 학력을 담당하고 있다고 생각하면 돼. 가장 먼저 3학년에서 6학년까지 진단평가를 실시하고, 학습 부진 학생의 수를 보고하는 거야. 2학년은 한글 미해득 학생의 수를 보고하고. 그다음은 학습 부진 학생들을 어떻게 해야 할지 계획이 있어야겠지?"

도현 오빠는 계속해서 말했다.

"현재 우리 학교에는 교육청에서 예산을 받아 운영하고 있는 '차근차근' 프로그램이 있어. 외부 강사를 채용해서 학습 부진 학생들을 방과후나 수업 도중에 따로 공부할 수 있도록 도와주는 프로그램이야. 그 프로그램에 부진 학생들이 들어가서 공부할 수 있도록 해 주고, 담임 선생님도 개별 지도로 학생들의 기초학력에 공백이 생기지 않도록 노력하고 있어. 그런 내용이 들어가도록 1년간 학생들 기초학력을 위해 어떻게 할 것인지 운영 계획을 세워서 결재를 받아야 해."

나는 유도현 선생님의 말을 들으면서 열심히 받아 적었다.

"작년에 내가 썼던 운영 계획을 줄 테니까 올해 실정에 맞추어서 네가 바꿔 봐."

"네."

"그리고 차근차근 프로그램의 선생님을 뽑아야 하잖아. 우리 학교 홈페이지와 교육청 홈페이지에 학습 부진 강사를 채용한다는 글을 올려야 하거든. 자기소개서 같은 것을 받아서 면접 볼 후보들을 뽑고, 면접도 봐야 해. 그 내용들도 다 결재 올려야 하고. 우리는 일을 할 때 무조건 모든 것을 부장님, 교감 선생님, 교장 선생님과 의논하고 결재를 받는다고 생각하면 돼."

"너무 어려워요."

"내가 많이 도와줄게. 그리고 선생님들께 차근차근 프로그램에 참여할 학생들을 뽑아 달라고 하고, 학부모님들 동의를 받아야 해. 매달 차근차근 프로그램 선생님 강사료를 드려야 하는데 그것도 결재 올려야 하고. 학생들 수업을 가르치는 일 외에도 선생님들이 해야 할 일이 너무 많지?"

앞으로 어떻게 일을 해 나가야 할지 걱정이 되었다. 이것이 선생님들이 항상 바빠 보인 이유였던 것 같다.

"선생님은 그냥 학생들만 가르치는 줄 알았는데 이렇게 많은 일을 하고 있었다니 몰랐어요."

나는 걱정스러운 표정으로 말했다.

"각 교사마다 다 업무가 따로 있으니까. 매년 같은 업무를 하는 것도 아니고 같은 학년을 항상 가르치는 것도 아니야. 매년 나도 배우고 있어. 배우면서 일을 하는 거지, 뭐. 일단 김하늘 선생님이

해야 하는 급한 일은 여기까지. 그 뒤에 해야 하는 일들은 또 내가 알려 줄게. 너무 걱정하지 마.”

　점점 무거워지던 머리가 도현 오빠가 타 준 따뜻한 차 한잔을 마시니 조금은 나아지는 듯싶었다.

3부

왕초보 선생님의
좌충우돌 학교생활

1

선생님이 되면 하고 싶었던 것, 진단평가

"자, 내일은 진단평가를 보는 날이에요. 여러분의 기초 학습 수준이 어느 정도 되는지 살펴보려고 하니 부담을 가질 필요는 없어요."

"시험이요? 싫어요!"

시험이 싫은 학생들의 마음을 너무나도 잘 알지만 선생님이 되니까 어쩔 수 없었다.

"시험공부는 따로 할 필요 없어요. 평소 실력으로 보면 됩니다."

진단평가 시험지를 보니 기본적인 국어와 수학 실력을 평가하는 것이었다. 내가 선생님이 되면 가장 해 보고 싶었던 일이 바로 이것이다.

1. 학생들 시험을 보게 하고 나는 돌아다니면서 시험 감독을 하는 것

2. 답을 다 알고 있는 상태에서 누가 잘하고 있는지 살펴보는 것

3. 옆 사람 것 보지 말라고 경고하는 것

4. 몇 분 남지 않았다며 빨리 마무리하라고 재촉하는 것

5. 이름은 잘 썼는지 확인하라고 하는 것

6. 진지하게 시험에 임하는 학생들 사이로 돌아다니며 학생들을 긴장하게 하는 것

이 얼마나 황홀한 일인가. 교실은 두 가지 신분으로 나뉜다. 시험을 보아야 하는 자와 시험을 보지 않아도 되는 자. 내가 교사가 된 것은 시험을 보아야 하는 자에서 시험을 보지 않아도 되는 자로 바뀌었다는 의미였다.

다음 날이었다.

"모두들 책상은 시험 대형으로 바꿉니다. 짝과 떨어지고 가림판을 올려놓으세요."

몇몇 학생이 긴장된 표정으로 앉아 있었다. 물론 긴장이라고는 찾아볼 수 없는 학생이 더 많았지만 말이다.

시험지를 나누어 주고 내가 동경했던 그것들을 그대로 했다. 시험을 보고 있는 학생들을 보고 있자니 평화로웠다. 귓가에는 연필 소리만 들렸다.

"선생님, 다했는데요?"

시현이의 목소리를 시작으로 여기저기서 다했다는 목소리가 들렸다.

"다한 사람은 다시 한 번 확인하고 기다리세요."

잠시 조용하나 싶더니 또다시 "선생님, 다한 사람 시험지 내요?"라고 묻는 학생들, 시험지를 가지고 나오는 학생들 덕에 잠시 고요했던 교실의 평화는 무너졌다.

'그래, 나도 그랬었지.'

"아직 다 풀지 못한 친구들도 있으니 들어가서 조금만 기다려 주세요."

불과 몇 년 전 내 모습을 떠올리며 학생들을 자리에 앉혔다.

엉덩이가 들썩거리는 아이들을 겨우 10분 더 버티게 한 뒤, 학생들이 모두 시험을 마무리할 때쯤 시험지를 걷고 학생들을 하교 시켰다.

'이제 내가 선생님이 되면 또 해 보고 싶었던 것을 할 차례다! 바로 빨간 색연필로 시원스럽게 동그라미를 긋는 채점이다!'

학생들의 시험지를 채점했다.

처음에는 재미있는 듯했는데 점점 힘들어졌다.

'아우, 지루해. 손도 아픈 것 같고.'

그때였다. 교실 전화벨이 울렸다.

전화기의 벨 소리만 들리면 심장이 쿵쾅쿵쾅 뛰었다.

"네, 3학년 2반입니다."

"김하늘 선생님."

도현 오빠의 목소리였다.

"유도현 부장님! 무슨 일이에요?"

"오늘 진단평가는 잘 봤어?"

"네. 그럼요."

"그럼 선생님들께 진단평가 결과를 보고하고 기준 점수에 미달된 학생들 수를 알려 달라고 해서 교육청에 보고해 줘."

"아, 맞다."

"김하늘 선생님 잊어버릴까 봐 연락드렸습니다."

장난스러운 도현 오빠의 목소리를 듣자 갑자기 교육대학교 캠퍼스 자판기에서 음료수를 뽑아 마시던 그때가 생각나서 울컥했다.

'열두 살의 그때로 돌아가고 싶네. 힘들다.'

전화기를 내려놓고 다시 키보드를 타닥타닥 두드리기 시작했다.

「안녕하세요. 기초학력 업무 담당교사 김하늘입니다. 오늘 치르신 진단평가에서 기준 점수에 미치지 못한 학생들의 수를 알려 주세요.」

선생님들의 답이 오자 기초학력 미달 학생의 수를 교육청에 보고하는 공문을 작성했다. 힘이 쭉 빠졌다.

　'진단평가를 보고, 채점하고, 교육청에 보고하고. 오늘도 힘들지만 뿌듯한 하루였다.'

2
수업도 전문가가 필요해! 교과 전담 제도

'전담 선생님이 가르치는 과목이 영어와 과학이라고 했지?'

나는 내일 들어 있는 영어 수업과 내일모레 들어 있는 과학 수업을 위해 영어실과 과학실이 어디 있나 학교 건물도를 보면서 확인했다.

'영어실은 3층에 있고, 과학실은 1층에 있네. 우리 교실은 2층이니까 아이들이 계단으로 올라갔다, 내려왔다 해야 하는구나.'

나는 영어실을 찾아갔다. 영어실은 다른 교실보다 유독 예뻤다. 문 색깔도 알록달록하고 화려했다. 노크를 하고 문을 열어 보니 곳곳에 영어 교구며 책들이 예쁘게 전시되어 있었다.

"안녕하세요, 선생님. 저는 3학년 2반 담임 김하늘이라고 해요.

내일부터 저희 반 영어 수업이 있어서요. 어떻게 해야 하나 해서 왔어요.”

나는 책상에 앉아서 열심히 키보드를 두드리고 계시는 선생님께 인사했다. 아마도 영어 전담 선생님인 듯했다.

“네, 안녕하세요. 저는 이번 연도에 영어 전담을 맡은 정은지입니다.”

선생님은 단정하게 옷을 입고 머리를 묶고 있었다.

“아, 이번 연도에만 맡으셨어요?”

궁금한 것이 많은 나는 고개를 갸웃거리며 질문했다.

“저희가 몇 학년을 교사하고 싶은지 희망을 쓰잖아요. 올해는 제가 영어 교과 전담을 희망했어요.”

“영어를 잘하시나 봐요.”

나는 부러운 눈초리로 쳐다보았다.

“꼭 그런 건 아니에요. 선생님들은 여러 이유로 교과 전담을 희망하는데요, 저는 대학원에서 초등 영어교육을 전공하고 있거든요. 올해 논문을 써야 해서 학생들과 수업을 하면서 실험 연구할게 있어 영어 교과 전담을 희망했답니다.”

“멋지세요! 선생님이 되고도 또 공부를 계속하시는구나. 저는 영어 선생님은 쭉 영어 선생님만 하고, 담임 선생님은 쭉 담임 선생님만 하는 줄 알았어요.”

"초등은 중등이나 고등하고는 다르잖아요. 중·고등은 자기 전공 교과목이 있지만 초등은 모든 과목을 지도하면서 학생들을 하루 종일 관찰하고, 생활 지도를 하고 상담하니까요. 아무래도 과목이 너무 많다 보니 수업 준비하기도 힘들어서 몇몇 과목은 교과 전담 교사가 가르치는 제도가 생겼죠."

정은지 선생님은 차분하고 친절하게 설명해 주셨다.

"그렇구나. 영어, 과학만 교과 전담 선생님이 가르쳐 주시나요?"

내가 5학년 때는 교과 전담 선생님께서 영어, 과학, 음악, 실과 과목을 가르쳐 주셨던 것 같아서 물어보았다.

"학교마다, 연도마다 교과 전담 선생님이 달라요. 수업을 준비하는 데 시간이 오래 걸리는 과목 위주로 담임 선생님들께서 원하는 과목, 또 교과 전담 교사를 희망하는 선생님이 어떤 과목을 가르치고 싶어 하시는지 의견을 반영해서 교감 선생님께서 정하시거든요. 교과 전담 제도가 시행되면서 담임 선생님들도 부담이 줄어들고, 교과 전담 선생님도 수업 준비를 더 잘할 수 있게 되었지요. 예를 들어 과학 같은 경우 실험을 해야 하잖아요. 그런데 담임 선생님이 매번 실험을 준비하기는 힘들죠. 한 선생님이 실험 준비를 해서 여러 반이 수업할 수 있게 한다면 수업 전문성이나 효율성 면에서 훨씬 나아요. 영어도 마찬가지고요."

정은지 선생님께서 설명해 주시니 그렇겠구나 싶었다.

"그렇네요. 그럼 내일 2교시에 영어가 들었는데 어떻게 하면 될까요?"

"영어 교과서, 영어 공책, 필기도구를 준비하게 해 주세요. 줄 세워서 여기 영어실로 학생들을 데려오시면 수업 끝나고 3학년 2반 교실로 데려다줄게요. 3학년은 교실을 옮기는 전담 수업이 처음이라서 적응될 때까지는 데려오고 데려다주고 하는 게 좋아요."

정은지 선생님이 쌩긋 웃으며 말씀하셨다. 그때 영어실 문이 열렸다.

"Hello, Lisa. This is the 3rd grade homeroom teacher."

정은지 선생님은 원어민 선생님으로 보이는 사람에게 인사하며 말했다.

"Oh, Hello. My name is Lisa. Nice to meet you."

리사 선생님은 반갑게 나에게 인사했다.

나는 영어 공부 좀 열심히 할 것을 하고 후회가 되었다.

"저희 학교 원어민 선생님이에요."

"헤 헬로. 마이 네임 이즈 김하늘."

나는 더듬더듬 말한 뒤 인사하고 도망치듯 영어실을 빠져나왔다.

3

엉망진창이 된 수업 시간

'이제 내일 영어 수업을 어떻게 해야 하는지 알았으니 내가 가르치는 수업을 준비해야겠네. 국어, 수학, 사회, 체육.'

교과서와 교사용 지도서를 보았다. 교사용 지도서에는 어떻게 수업을 하면 좋을지 방법이 나와 있었다.

"시를 읽고 재미있는 표현을 찾아보는 거네? 그냥 교과서에 실린 시를 읽고 재미있는 부분을 찾아보라고 발표하게 하면 되지 않나? 그다음은 수학이네! 덧셈, 뺄셈이잖아? 교과서에 있는 문제를 풀어 보라고 하면 껌이지! 사회는 옛날 사람들이 어떤 집에서 살았는지 배워야 하잖아. 교과서 보면서 설명해 주면 끝. 체육 시간에는 피구하지 뭐."

이것저것 정리해서 내라는 메신저가 계속 울렸고 제대로 쉬지도 못한 채 퇴근 시간이 다가왔다.

집에 도착하자마자 흐물거리는 낙지처럼 침대에 몸을 눕혔다가 그대로 잠들고 말았다. 정말 피곤했다.

다음 날 아침이 되었다.

'아, 학교 가기 싫다. 학생 때도 학교 가기 싫더니 선생님이 되어서도 학교 가기가 싫네.'

1교시 국어 시간이었다. 준비했던 대로 교과서에 있는 시를 같이 읽고 재미있는 부분을 찾아 그 이유를 말해 보라고 했더니 아무도 손을 들지 않았다.

"재미있는 부분을 찾아보라니까요. 재미없어요?"

"모르겠어요."

준수가 말했다.

"왜 몰라요? 선생님이 생각할 시간을 줄게요."

학생들은 잠시 교과서를 들여다보는 듯하다가 떠들기 시작했다.

"다들 조용, 조용."

잠깐 조용하더니 다시 떠들기 시작했다.

"조용하라니까요. 재미있는 부분과 그 이유 찾아보세요."

내 말은 들은 척도 하지 않고 떠들었다.

"3학년 2반!"

소리를 질렀다. 아이들은 또 잠시 조용해졌다. 나는 어떻게 해야 할지 몰라 눈물이 터져 나올 것 같았다. 눈물을 꾹 참고 수학책을 펴라고 말했다.

"국어 다 안 했는데요?"

시현이가 말했다.

"너희들이 못 했잖아. 수학책 펴!"

내 목소리에 학생들은 국어책을 넣고 수학책을 폈다.

내가 너무했나 하는 생각이 들었다. 다시 마음을 가라앉히고 교과서를 보았다. 더하기, 빼기 정도는 할 수 있겠지 생각하고 교과서에 있는 문제를 풀어 보라고 했다.

329 + 28 =

185 + 79 =

27 + 493 =

잠시 조용히 풀고 있는 듯하더니, 평화로운 시간은 채 10분이 되지 않았다.

"선생님, 다 풀었어요."

"선생님, 못 풀겠어요."

어떤 학생들은 다 풀었다고 하고 어떤 학생들은 못 풀겠다고 했다. 다 푼 학생들은 떠들기 시작했고, 못 푼 학생들은 못 풀겠다고 떠들기 시작했다. 도대체 어떻게 해야 할지 모르겠다.

'분명히 내가 학생 때는 선생님이 발표할 사람을 물어보면 발표하고, 수학 문제를 풀라고 하면 조용했던 것 같은데.'

그렇게 수업은 엉망진창이 되었고, 영어 시간이 되어 아이들을 영어실에 데려다주고 왔다. 힘이 쭉 빠졌다.

'초등학생 주제에. 초등학생 주제에. 왜 이렇게 가르치는 것은 힘든 거야.'

오후에 선생님들이 다 함께 교사 연구실에 모였다.

"선생님, 이번 학년 준비물로 수모형 구입할까요? 덧셈, 뺄셈을 하는데 받아올림과 받아내림을 아직 이해하지 못한 학생들이 몇 명 있네요. 자릿값을 헷갈리는 친구들도 있더라고요."

서민지 선생님이 말씀하셨다. 학생 수에 맞춰 준비물을 살 수 있는 예산이 잡혀 있다고 했다.

"좋은 것 같은데 다른 분들은 어떠세요?"

"그래요. 학습 준비물실에 있는 수모형이 좀 오래되어서 나도 손이 잘 안 가더라고요."

김옥분 선생님이 덧붙이셨다.

"네, 그럼 학년별로 살 수 있는 준비물을 말씀해 주세요. 저희 학년 준비물 담당인 서민지 선생님은 그것을 처리해 주시고 학급 운영비 배정된 것 학급별로 써 주세요. 학생 개인별로 필요한 준비물들도 교육과정에 맞춰 제가 보내 드린 양식에 작성해서 보내 주세요."

부장님이 말씀하셨다.

"부, 부장님…… 무슨 말씀이신지……."

나는 살짝 손을 들어 말을 꺼냈다.

"학생들 준비물 예산으로 나오는 게 있어. 그래서 교과서와 지도서를 보면서 어떤 준비물이 필요한지 예산 안에서 살 것을 정리하는 거야. 개인별로 쓰는 색종이, 도화지, 풀, 가위 이런 것들도 살 수 있어. 학급 운영비는 학급을 운영하는 데 필요한 준비물 있지? 학생들 작품을 게시할 때 필요한 압정이라든가 칠판에 붙이는 자석이라든가 이런 것들을 살 수 있는데 그냥 내 마음대로 구입하는 것은 아니야. 어제 알려 준 업무 포털 사이트에 들어가서 '품의'라는 것을 해야 하는데, 품의는 '웃어른이나 상사에게 말이나 글로 여쭈어 의논함'이라는 뜻이야. 즉, 교감 선생님과 교장 선생님께 '이런 물건을 살 건데 허락해 주세요' 하는 거지. 결재가 나면 선생님이 인터넷 웹 사이트에 물건을 넣어 놓고, 행정실에서 구매를 하는 식으로 해."

"어휴, 물건 하나 사는데 왜 이렇게 힘들어요?"

"공공의 돈이잖아. 함부로 쓰면 안 되는 돈이니까 여러 과정이 필요해. 다른 선생님들이 어떤 준비물을 구입할지 알려 주시면 김하늘 선생님도 도움을 받을 수 있을 것 같아요."

그때 김옥분 선생님께서 말씀하셨다.

"집중력이 짧은 초등학생들은 흥미를 유발할 수 있게 구체적 조작물과 여러 활동을 준비해야 해요. 물론 지루한 반복과 암기는 어느 공부에서나 꼭 필요한 부분이지만 초등은 활동 위주의 수업을 해야 해서 필요한 준비물도 더 많아요. 반대말을 배웠다고 해도 그냥 반대말을 알려 주기만 하는 게 아니라 도화지에 반대말 사전을 만들어 보라고 하는 거지요. 그림도 그리고 글자도 쓰는 활동을 하면서 배우는 거예요. 또 예시가 중요해요. 바로 하라고 하면 선생님 어떻게 하냐고 묻고 소란이 일어나잖아요. 선생님이 하는 것을 꼭 보여 주고, 해 보라고 해야 해요. 아이고, 요즘 신규 선생님들은 다들 잘하던데 내가 말이 너무 많았네."

"아니에요. 사실 오늘 학생들이 수업에 집중을 안 해서 너무 힘들었거든요. 선생님들 말씀 들으니 오늘 왜 학생들을 가르치기 힘들었는지 알 것 같아요. 바로 덧셈해 보라고 하는 게 아니라 수모형으로 함께 연습을 했어야 하네요. 시에서 재미있는 부분을 찾는 것도 미리 제가 하는 방법을 알려 주고 예시를 보여야 했고요. 내일 수업은 어떤 활동을 할지 생각해 봐야겠어요! 저 교실에 먼저 갈게요."

"김하늘 선생님, 그럼 내가 파일로 보내 줄 테니까 청소 용품도 신청해 줘. 김하늘 선생님을 위해 우리 반 예시도 함께 넣어서 보낼게."

이서인 부장님이 나를 불러 세우며 말씀하셨다.

"역시 부장님 최고!"

"그렇지. 파이팅이야!"

선생님들은 나를 보며 손을 흔들어 보이셨다.

4

가슴 떨리는 학부모 총회

"이번 주 학부모 총회도 준비 잘해 주세요."

오늘도 수업 끝나고 교사 연구실에 모여서 부장님은 해야 할 일을 안내해 주셨다.

선생님이 되면 내 마음대로 할 수 있을 줄 알았다. 선생님이 마치 교실의 왕처럼 느껴졌는데 내 마음대로 할 수 있는 것보다 해야 할 일이 더 많았다.

"부장님, 학부모 총회는 무엇을 준비하는 거예요?"

학교생활은 힘들었지만 여전히 이서인 부장님은 내게 힘이 되어 주셨다.

"학부모 총회 참여 여부를 묻는 가정통신문을 학생들에게 돌려서 참여하시는 학부모 수와 가정통신문을 같이 제출해야 해요. 그리고 학부모님들 얼굴 뵙고 처음으로 인사를 드리는 시간이니까 김하늘 선생님이 1년 동안 무엇을 신경 쓰면서 어떤 교육관을 갖고 지도할지 말씀드려요. 학부모님들께 여쭈어볼 것은 여쭈어보고요."

"무엇을 여쭈어봐요?"

"나는 식습관 지도를 하는 것에 대해 어떻게 생각하는지, 일기 지도를 하는 것에 대해 어떻게 생각하는지, 보상 제도와 반성문에 대해서 교육관을 함께 이야기해. 학부모님들이 예민하게 생각할 수 있는 부분에 대해 충분히 이야기를 나누는 거지."

서민지 선생님이 말씀해 주셨다.

"아, 그렇군요."

"학부모 총회는 얼굴 한번 본다는 데 큰 의미가 있어. 학부모님들 입장에서는 우리 아이를 1년간 맡아 줄 담임 선생님이 어떤 사람인지 보고 싶을 거 아니야? 너무 부담 갖지 말고 자기소개를 하는 시간이다 생각하면 좋아."

30년 연륜이 느껴지는 김옥분 선생님이 말씀하셨다.

우리 반 학생들에게 학부모 총회 가정통신문을 돌렸는데 24명 중 19명의 학부모님이 참석하신다는 회신이 왔다.

"2반 학부모님들의 관심이 지대하시다. 우리 반은 10명만 참여하실 수 있대. 3반은요?"

부장님이 말씀하셨다.

"저희 반은 15명이요."

서민지 선생님이 말씀하셨다.

"저희 4반은 12명이요."

김옥분 선생님이 말씀하셨다.

"2반이 제일 많이 참여하시네요."

서민지 선생님이 웃으며 말씀하셨다. 초등학생에게 말하는 것
도 힘든데 학부모들께 이야기한다고 생각하니 벌써부터 가슴이
쿵쾅거렸다. 나는 교실에 가서 학부모 총회 자료를 준비하기 시작
했다.

'무엇을 말하면 좋을까?'

학부모 총회 날이 돌아왔다. 아이들이 하교하는 복도에서 학부
모님들의 소리가 들리기 시작했다.

"엄마."

"아빠."

"할머니."

"그래. 엄마는 선생님 만나고 갈 테니까 학원에 잘 다녀와."

엄마가 온 아이, 아빠가 온 아이, 할머니가 온 아이 등 다양했다.

"안녕하세요."

각 학부모님들은 인사를 하고 교실에 들어왔다.

"아, 안녕하세요. 자녀의 자리에 앉아 주시면 됩니다. 이름표가 책상 위에 붙어 있어요."

나는 더듬거리지 않으려고 노력했다. 벌써부터 몸은 땀으로 흥건해졌다.

아직 학부모님이 다 오시지 않아서 시작을 못하고 있는데 교실이 너무 고요했다. 무슨 말을 해야 할지 모르겠다.

"저, 저기 아직 학부모님이 다 오시지 않았습니다. 지금이 한 시 오십 분인데 두 시부터 방송으로 학교 설명회가 있어요. 그때까지 잠시 기다려 주세요."

"네."

방송으로 하는 교장 선생님의 학교 설명회가 끝났다. 이제 정말 내 차례가 되었다. 나는 준비해 놓은 프레젠테이션 화면을 TV에 띄웠다.

"안녕하세요. 저는 3학년 2반 담임교사 김하늘이라고 합니다. 이번에 처음 발령받은 신규교사입니다. 그래서 부족한 점도 많을 것입니다. 하지만 아이들을 사랑하는 마음으로 열심히 할 것입니다. 저희 반 목표는 '즐겁고 행복한 우리 반'입니다."

차분하게 설명을 했고, 학부모님은 귀를 쫑긋하고 들어 주셨다.

"즐겁고 행복한 우리 반을 만들기 위해 저는 이런 것들을 하려고 합니다. 저희 반은 아침마다 동요를 부르려고 합니다. 중간 쉬는 시간에는 간단하게 교실 요가를 할 거예요. 또 한 달에 한 번 교실 생일 파티를 할 예정입니다. 매일 1교시에는 운동장에 나가서 몸을 움직이는 시간을 꼭 가지려고 합니다."

컵에 있는 물을 한 모금 들이켠 뒤 계속했다.

"학습에서는 독서를 중요하게 할 것입니다. 제가 책을 읽어 주는 시간을 가져서 책을 많이 읽는 반이 되게 할 것입니다. 일기는 일주일에 한 번 쓰게 하려고 하는데 어떻게 생각하시나요?"

"네, 좋습니다. 요즘 아이들이 글 쓰는 것을 너무 힘들어 해서 글쓰기 연습을 하면 좋겠어요."

이름표를 보니 준수 어머니셨다.

"네. 그리고 급식은 웬만하면 다 먹도록 지도하려고 합니다. 물론 처음에 받아 갈 때 먹을 만큼 받고, 너무 먹기 힘든 것은 한 번만 시도해 보는 것으로 하려고 해요. 이건 괜찮으실까요?"

학부모님들을 바라보며 조심스럽게 물었다.

"저희 시현이는 자몽 알레르기가 있어요. 그런 건 신경 써 주시면 감사하겠습니다."

'아, 저분이 시현이 어머니구나.'

전화로만 들었던 시현이 어머니 목소리가 얼굴을 보니 연결이 되었다.

"네, 물론입니다. 가정통신문을 통해 알러지가 있는 음식을 조사했던 것 가지고 있습니다. 제가 신경 쓰려고 노력하겠고요, 학생이 말을 해 주면 그런 음식은 당연히 먹지 않도록 하겠습니다. 혹시 말씀하실 것이나 부탁하실 것 있으시면 또 말씀해 주시면 좋겠습니다."

"저희 진호가 연예인 준비를 하고 있어요. 그래서 종종 조퇴를 하거나 체험학습을 내야 할 때가 있을 것 같아요. 결석도 할 수도 있고요."

"그렇군요. 네, 미리 말씀해 주시고요, 체험학습이 필요할 때는 일주일 전에 신청해 주세요."

생각보다 학부모 총회는 괜찮았다. 학부모회를 조직하는 것만 빼고는 말이다.

"녹색어머니회에 가입하실 수 있는 분, 급식 모니터링회에 가입하실 수 있는 분은 손을 들어 주세요."

다양한 학부모회를 조직해야 했는데 맞벌이를 하시는 분이 많고, 여러 사정이 있어 조직하기가 쉽지 않았다. 다행히 회장인 준수 어머님께서 학부모회 조직을 하는 데 도움을 많이 주셔서 학부모회 조직을 마칠 수 있었다.

"1년 동안 잘 부탁드립니다."

"1년간 저희 아이 잘 부탁드립니다."

5

세상의 다양한 색깔, 통합교육

"악!"

진영이가 소리를 지르기 시작했다.

"선생님, 진영이 시끄러워요."

진영이는 지체 장애가 있는 특수학급 학생이었다. 소리를 지르거나 의미 없는 말을 반복해서 수업하기 힘들게 하곤 한다.

처음에 진영이가 우리 반이라고 했을 때는 걱정이 많이 되었다.

'장애가 없는 아이들도 지도하기가 힘든데 장애가 있는 아이라니.'

학교는 장애 학생과 비장애 학생 혹은 일반 학생이 함께 생활하고 배움으로써 서로를 이해하고 편견 없이 상호 협조하면서 지낼 수 있도록 '통합교육'을 하고 있다.

진영이는 국어와 수학 시간에는 '사랑반'이라고 하는 특수학급에 가서 특수교사에게 수업을 듣는다.

특수교사는 장애가 있는 특수교육대상자의 교육을 담당하는 교사다. 통합교육을 실시하고 있기 때문에 학교에는 특수반이 있고, 특수교사가 있다.

진영이는 수업 중간에 갑자기 앞으로 나와 소리를 지르기도 하고, 내가 하는 말의 대부분을 알아듣기 힘들어 했다.

"김하늘 선생님이시죠? 안녕하세요. 저는 진영이 엄마예요."

교실 전화로 진영이 엄마가 연락을 취하셨다.

"네, 안녕하세요."

"선생님께 상담을 드릴 일이 있어서 연락드렸어요."

"네. 무슨 일이세요?"

학부모와 하는 상담은 긴장이 된다.

"제가 오늘 진영이를 데리러 학교에 갔는데요. 같은 반 남학생 한 명이 진영이한테 오더니 너 때문에 공부를 못 하겠다며 소리를 지르고 가더라고요."

아차 싶었다.

아직은 어려서 진영이를 이해하기 힘든 다른 학생들의 마음도, 속상할 진영이 어머니 마음도 모두 이해되었다.

"진영이 어머님, 속상하시죠. 제가 다른 학생들을 더 잘 지도할게요. 진영이에 대해 서로 이해하고 배워 갈 수 있도록 하겠습니다."

"엄진영 이리로 와 봐."

친구들을 놀리는 데에서 학교에 오는 재미를 찾고 있는 진호는 사탕을 들고는 진영이를 놀리고 있었다.

"진호야! 지금 친구한테 뭐하는 거야?"

"진영이가 친구였어요? 저희 말을 하나도 못 알아듣는데 어떻게 친구예요?"

진호의 물음에 어떻게 설명해야 할지 막막했다. 진호는 진영이와 한 번도 같은 반이 된 적이 없어서 진영이를 더 이해하기 힘든 것 같았다.

'그래. 열 살이면 자신들과 다른 친구를 받아들이기에 힘들 수도 있지.'

나는 진영이가 사랑반에 수업을 들으러 내려가자 우리 반 학생들에게 이야기를 꺼냈다.

"3학년 2반. 세상에 크레파스가 파란색 하나밖에 없으면 어떨까요?"

"안 예뻐요."

"재미없어요."

"색을 구분할 수 없어요."

"맞아요. 크레파스도 다양한 색이 있듯이 우리 모두 얼굴도 다르고 성격도 달라요. 진영이는 진영이만의 말로 이야기를 하고 있는 거랍니다. 우리와 조금 달라 보이지만 우리는 모두 같은 반이에요. 여러분이 진영이가 어려운 일을 겪으면 도와주고 함께해 주면 좋겠어요. 우리는 무지개 같은 색깔을 갖고 있는 한 반이니까요."

모두 조용했다.

지금 한 말은 내가 초등학교 4학년 때 담임 선생님께서 해 주셨던 말이다. 어떻게 이런 말이 생각났는지 모르겠다.

나는 방과후에 진영이를 어떻게 이해하고 지도해야 하는지 묻기 위해 특수학급 선생님을 찾아갔다.

"선생님, 학기 초라 진영이가 새로운 반에 적응하기 더 힘든 것 같아요. 특히 매주 월요일에 진영이의 불안함이 더 클 거예요. 소리를 질러도 모른 척해 주세요. 거기에 반응하면 안 돼요. 안 되는 것은 안 된다고 말씀해 주시면 진영이도 알아듣거든요. 저도 다시 지도할게요."

"네. 궁금한 것은 앞으로 선생님께 더 물어볼게요."

특수학급 선생님이 계셔서 마음이 든든했다.

'진영이를 내가 더 잘 이해할 수 있으면 좋겠다.'

그렇게 진영이를 이해하고 함께 무지개 색깔의 반을 만들어 가기로 하고 며칠이 지났다.

"선생님, 준수가 돼지라고 놀렸어요."

"아니에요. 시현이가 먼저 그것도 못하냐고 그랬어요."

준수가 회장이 된 뒤로 준수와 시현이의 싸움은 매일 같이 이어졌다.

이제는 반 전체가 남자 편과 여자 편으로 나누어서 다투었다. 쉬는 시간만 되면 서로 놀리고 잡고 잡히는 장난같이 보이지만 장난이 아닌 상황이 벌어졌다.

"준수, 시현이 이리 오세요."

둘은 씩씩거리는 표정을 지으며 다가왔다.

시현이는 울먹거리기 시작했고 준수는 답답하다는 표정으로 시현이를 쳐다보았다.

"무슨 일인지 누가 먼저 설명해 줄래요?"

나는 시현이와 준수를 바라보며 물었다.

"시현이가 사사건건 트집을 잡고 간섭하고 무시하잖아요."

준수는 기분 나빠하며 큰 소리로 말했다.

"내가 언제 그랬어?"

시현이도 큰 소리로 받아쳤다.

"그만하세요."

단호한 목소리로 말했다.

"제가 친구들한테 떠들지 말라고 했더니 시현이가 너나 잘하라고 했어요. 또 1인 1역 하자고 했더니 제가 맡은 교실 쓸기가 제대로 되지 않았다며 쓰레기를 집어던졌어요."

준수가 말했다.

"시현이 정말 그랬어요?"

"선생님이 계시지 않을 때면 준수가 제일 많이 떠들어요. 교실도 쓸지 않고, 자기가 빗자루를 타는 마법사라면서 교실을 뛰어다니고요. 준수가 그러기 시작하면 저희 반 남자아이들은 너도나도 장난을 쳐요."

시현이가 억울하다는 듯이 말했다.

"그래서 준수에게 뭐라고 했고, 준수는 화가 나서 시현이를 놀렸던 거예요?"

"네."

싸운 학생들에게 그 이유를 물으면 저마다 이유가 있다. 준수 마음도, 시현이 마음도 이해할 수 있었다.

"시현아, 아무리 네가 마음에 안 들어도 친구한테 그렇게 말하면 안 돼. 듣는 사람이 기분 나쁘게 말하면 서로 기분이 상해서 싸움을 할 수 있거든."

나는 부드러운 목소리로 고쳐서 시현이에게 말했다.

"준수가 제대로 했어야죠. 제대로 안 하니까 문제죠. 그걸로 뭐라고 하는 제가 문제예요?"

시현이는 다정한 내 목소리에 반기라도 들듯이 당돌하게 말했다.

"물론 준수 너도 회장이면 회장으로서 모범을 보여야지. 더 열심히 청소하고, 더 조용한 분위기를 유지해야 하는 회장이 앞장서서 떠들면 되겠니?"

준수에게 말했다.

시현이와 준수뿐만 아니라 하루에도 몇 번씩 학생들의 갈등을 중재해야 하는 일은 계속 일어났다.

"선생님, 영은이가 지우개를 가져가서 돌려주지 않아요."

"선생님, 진호가 운동장에서 공으로 저를 맞추었어요."

"선생님, 민서가 혼자만 그네를 타고 양보해 주지 않아요."

"선생님, 민준이가 보드게임하는 데 자꾸 자기가 이겼다고 우겨요."

"선생님, 은식이가 저한테 욕했어요."

그렇게 학생들의 고자질을 하나하나 처리해 주고 나면 기운이 쏙 빠졌다. 학생들이 다 하교하고 전화벨이 울렸다.

'누구지?'

"여보세요."

"네, 안녕하세요. 준수 엄마입니다."

"안녕하세요."

"네, 다름이 아니라 저희 준수가 시현이라는 아이와 자꾸 부딪히는 것 같더라고요. 준수 말은 시현이가 무시하는 것 때문에 힘들다고 하던데."

준수 어머니의 전화에 뭐라고 설명해야 할지 막막했다. 나는 그동안 있었던 상황을 대충 말씀드렸다.

"준수 어머님, 저도 교실에서 잘 지도해 보겠습니다. 가정에서도 준수에게 다시 한 번 말해 주세요."

전화를 끊기가 무섭게 마치 기다렸다는 듯이 또다시 전화벨이 울렸다.

"안녕하세요. 시현이 엄마입니다."

살짝 고조된 시현이 어머니의 목소리가 나를 긴장하게 했다.

"저희 시현이가 학교생활을 너무 힘들어 합니다. 사실 준수가 너무 놀려서 언어폭력으로 학교폭력대책위원회를 열어 달라고 요청할 것도 고려하고 있습니다."

나는 아찔했다.

"시현이 어머님, 어머님 마음은 충분히 이해합니다. 첫 회장 선거부터 제가 실수를 해서 일이 이렇게 악화되지 않았나 싶습니다. 제가 더 잘 지도하고 반 분위기를 위해 노력해 보겠습니다. 시현이에게도 조금만 더 준수를 지켜보아 달라고 전해 주세요. 모두가 시현이만큼 똑똑하고 야무지지는 못해요. 함께 어울려 살아가는 세상인 만큼 회장 역할을 하지 못해도 도와주고 지켜보아 주고 하는 게 필요할 것 같아요."

나의 간절한 목소리 때문이었을까. 시현이 어머니는 화난 마음을 가라앉히고 알았다면서 전화를 끊으셨다.

한숨이 나왔다. 동시에 눈물도 같이 흘렀다.

6

소통이 필요해, 학부모 상담

오전에 교실에서는 꽤 많은 일이 일어난다. 수업을 하는 것은 당연하고, 수업 시간과 쉬는 시간, 급식 시간, 점심시간 곳곳에서 친구들끼리 갈등도 계속 일어나서 중재가 필요하다.

수업이 끝나면 업무를 하고, 회의가 필요하면 학년 연구실에 모여서 회의를 한다. 오늘도 연구실에 모였다. 따뜻한 커피 한잔과 과자 몇 개를 놓고 회의를 시작했다. 나는 커피를 못 마시기 때문에 둥글레차를 마셨다. 하루 종일 말을 하고 나서 마시는 둥글레차는 내 목을 촉촉하게 적셔 주었다.

"다음 주는 학부모 상담 주간이에요. 학부모 상담은 1학기에 한 번, 2학기에 한 번 진행해요. 물론 평상시에도 필요할 때마다 계속 연락하고 소통하지만, 특별히 상담 주간이라고 해서 선생님과 학부모님이 상담을 할 시간을 마련하지요. 직접 방문하실 수도 있고, 전화로 상담을 하실 수도 있어요."

이서인 부장님은 처음인 나를 위해 더 자세히 말씀해 주셨다.

"상담 시간은 얼마나 해요?"

얼마나 상담을 해야 하나 싶어서 물었다.

"가정통신문으로 상담 날짜와 시간을 신청받아요. 한 명에 기본 20분이 잡혀 있어요."

"상담할 때 무슨 말을 하나요?"

"나도 신규교사 때는 도대체 뭘 말해야 하나 싶었거든요. 진짜 5분 만에 상담이 끝난 적도 있다니까요? '잘 지내고 있어요.' 하고 할 말이 없어서 상담을 끝냈지 뭐예요. 지금 생각하면 시간 내서 학교까지 온 학부모님께 죄송하다니까요."

서민지 선생님이 말씀하셨다.

"학부모님이 오시면 학생들의 학습 태도나 친구 관계 같은 것들을 이야기하고, 가정에서 모습은 어떤지 물어봐요. 학교에서 지도할 때 다 도움이 되더라고요."

김옥분 선생님도 보태셨다.

학부모 상담 신청을 받아서 스케줄을 정리했다. 20명이 상담을 신청했다.

"역시 2반은 학부모 관심도가 제일 높다니까!"

동학년 선생님들은 엄지를 치켜들었다.

	월	화	수	목	금
2:30-2:50					하규민
3:00-3:20	박진호	김도훈			이슬비
3:30-3:50	윤준수		임시현	한민준	
4:00-4:20	강윤형	엄진영	진서현	김경민	이채아
4:30-4:50	김은식	이영민(전화)	박수진		정민서
5:00-5:20	김영은	성진아	이고은(전화)	신현준	

'와, 상담이 정말 한가득이구나.'

첫 상담은 진호였다.

세 시가 다가오니 가슴이 두근거렸다. 저 멀리서 한눈에 보아도 진호 어머니처럼 보이는 분이 교실로 성큼성큼 걸어오셨다. 학부모 총회 때도 보았지만 걸음걸이와 얼굴이 진호와 판박이었다.

"안녕하세요."

진호 어머니의 쾌활한 목소리도 진호의 큰 목소리와 느낌이 비슷했다.

"네, 안녕하세요. 진호 어머님 어서 오세요."

나는 교실에 마련해 둔 의자로 자리를 안내하고 그 앞에 앉았다. 무슨 말부터 시작해야 할지 어색하기 짝이 없었다.

"저희 진호는 학교에서 어떤가요? 잘하나요?"

진호 어머니가 먼저 입을 떼셨다.

"네, 진호는 밝고 명랑합니다. 간혹 친구들을 너무 놀려서 갈등이 심해지곤 해요. 친구들을 놀리지 않아야 한다고 지도를 하곤 합니다."

"저희 진호가 좀 짓궂죠. 알아요, 저도. 저는 사실 친구들끼리 그런 장난도 칠 수 있고 그러면서 친해진다고 생각하는데 다른 부모님들은 그렇게 생각하지 않으시더라고요."

"아, 네. 진호는 저희 반 분위기 메이커예요. 진호가 있으면 친구들이 다 웃고 즐거워해요. 그런데 간혹 친구들을 놀려서 친구들이 힘들어 해요. 진호는 조금 조심해야 할 필요가 있기는 해요. 나중에 친구들이 진호와 놀기 싫다고 하면 힘들어질지도 몰라요."

진호 어머니가 놀란 표정을 지으셨다.

진호가 놀리는 것 때문에 너도나도 힘들다고 하소연하고 있는 상황에서 이 사실은 알릴 필요가 있었다.

"진호는 수업 시간에 집중을 잘 못해요. 저도 더 집중할 수 있는 활동으로 준비해야겠지만 가정에서도 진호에게 한번 말씀해 주세요."

"네. 저도 수업 시간에 어떻게 하는지 궁금하더라고요. 진호 말로는 열심히 하고 있다고 하는데 집에서 공부하는 것을 보면 너무 모르더라고요.”

“진호가 호기심이 많은 편이라 다른 친구들 일에 관심이 많아요. 그러다 보니 수업 하나에 집중하기가 힘든 편인 것 같아요. 집에서 매일 복습을 체크해 주시면 조금 더 집중할 수 있지 않을까 생각도 듭니다.”

복도에서 누군가 왔다 갔다 하는 것이 느껴졌다. 상담시간표를 보니 다음 상담은 준수였다. 시간이 벌써 이렇게 됐나 하고 시계를 보니 벌써 삼십 분이 넘었다.

진호 어머니와 상담을 끝내고 인사를 했다. 다음으로 준수 어머니가 교실로 들어오셨다.

“안녕하세요. 저희 부족한 준수가 회장이 되었다는 말을 듣고 깜짝 놀랐습니다.”

“아닙니다. 준수가 열심히 하려고 노력하고 있어요.”

“네, 준수는 지금 저와 둘이 살고 있어요. 그래서 준수가 아빠 빈 자리가 느껴지기도 하는 것 같아요. 잘 부탁드립니다.”

“네. 그러겠습니다.”

그렇게 5시 20분까지 상담을 마치고 나니 기진맥진했다.

상담을 하면서 느꼈던 것은 우리 부모님들이 자식을 많이 사랑한다는 것이었다. 상담을 다녀와서 울고 웃었던 우리 엄마도 생각났다.

선생님의 말 한마디에 기분이 좋아지기도 나빠지기도 할 것이다. 그렇다고 좋은 말만 할 수는 없는 것이 상담이다.

교사와 학부모는 아이를 잘 키우려고 서로 돕는 파트너이기 때문이다. 가정과 학교에서 정보를 주고받으며 우리 아이들을 위한 방법을 찾아내는 사람들이다.

처음에는 자판기 때문에 우연히 오게 되었지만, 이제는 점점 책임감과 사명감마저 느껴지기 시작했다.

'김하늘, 그래도 잘했다. 잘했어. 기특해.'

나는 스스로를 쓰담쓰담하며 응원했다.

7

급식 시간에 빼어 든 행동계약서

오늘은 점심 급식으로 음료수가 나오는 날이다.

"선생님, 뚜껑이 안 열려요."

뚜껑을 열어 달라고 학생들이 가져오기 시작했다. 음료수 뚜껑
을 열어 주다 보니 국이 식어 있었다.

"선생님, 밥 먹고 있는데 준호가 놀려요."

나는 준호 옆으로 갔다.

"준호야, 친구를 놀리면 안 되겠지?"

"네."

준호는 공손하게 대답해 놓고는 내가 자리로 돌아가기가 무섭
게 또 친구에게 '메롱'을 하며 놀렸다.

"선생님, 못 먹겠는데 버려도 돼요?"

시현이가 오늘은 양배추를 못 먹겠다고 가져왔다.

"딱 한 입만 먹고 버릴까?"

"못 먹겠어요."

"선생님이 먹여 줄게."

양배추를 작게 잘라서 시현이에게 먹여 주었다.

"선생님, 민준이가 김치를 몰래 바닥에 버려요."

준수의 목소리가 급식실에 울려 퍼졌다.

민준이는 우리 반, 편식 왕이었다. 밥 먹는 것을 유난히 힘들어했고, 김치나 채소는 물론이고 새로운 재료는 시도조차 하지 않았다. 아이들이 한 번이라도 더 먹을 수 있게 급식 지도를 하고 있는 나는 그렇다고 '민준이 너만 먹지 마'라고 할 수도 없었다. 그럼 보나 마나 "왜 민준이만 안 먹어요?", "저도 안 먹을래요.", "불공평해요!"라고 할 테니 말이다.

민준이는 급식 시간마다 제일 늦게까지 급식실에 남아서 젓가락을 깨작거렸고, 마지막에 눈물을 글썽이면 나는 그만 먹고 어서 교실로 가라고 하며 점심시간을 마무리하곤 했다.

누가 보면 내가 아동 학대라도 하는 줄 알겠다 싶어 결국 먹을 수 있는 것만 먹고 가라고 했는데, 그다음부터는 음식을 몰래 바닥에 버리기 시작한 것이다.

민준이를 따로 연구실로 불렀다.

"민준아, 밥 먹기 힘드니?"

나는 기가 죽어 있는 민준이에게 물었다.

"네."

혼날까 봐 겁먹은 얼굴로 민준이가 대답했다. 민준이는 다른 친구들보다 덩치가 많이 작은 편이었다.

"민준이가 제일 좋아하는 음식은 뭐니?"

"라면이요."

라면을 말하는 민준이의 표정이 밝았다.

"그렇다고 급식으로 매일 라면을 줄 수는 없잖아. 골고루 먹어야 건강하고 키도 크지."

"네."

"어떻게 하면 민준이가 조금이라도 급식을 편하게 먹을 수 있을까? 이건 식단표야. 민준이가 먹을 수 있을 것 같은 음식에 동그라미를 쳐 볼래?"

나는 식단표와 빨간 색연필을 함께 내밀었다. 민준이는 치킨, 햄버거, 떡볶이 이런 음식만 동그라미를 잔뜩 쳤다.

"좋아. 민준이가 먹을 수 있는 음식들이네. 그럼 이번에는 민준이가 먹어 보려고 조금이라도 노력할 수 있는 음식에 동그라미를 쳐 볼래?"

나는 파란 색연필을 내밀었다.

민준이는 콩나물, 배추김치 등 몇 개에 동그라미를 쳤다.

"그래, 좋아. 파란색 동그라미는 노력해 볼 수 있는 거지? 그럼 도저히 못 먹겠는 음식에는 가위표를 쳐 봐."

나는 노란 색연필을 내밀었다. 민준이는 남은 것 중 대부분에 노란색 가위표를 쳤다.

"그럼 아무 표시도 없는 것은 도저히 먹을 수 없는 음식은 아니네? 초록색으로 세모 표시를 해 보자. 빨간색 동그라미는 먹을 수 있는 것, 파란색 동그라미는 노력하면 먹을 수 있는 것, 초록색 세모는 한 번은 먹을 수 있는 것. 그렇지?"

민준이는 자기가 표시한 것이니 고개를 끄덕일 수밖에 없었다.

"그럼 약속하는 거야. 노란색 가위표가 된 것만 빼고 먹어 볼 것, 절대 버리지 않을 것! 며칠 동안 시도해 볼까?"

"하루요."

민준이가 웃으며 말했다.

"으이그. 우리 일주일은 해 보자. 일주일은 할 수 있지?"

나는 행동계약서를 내밀었다.

행동계약서

나 한민준이가

일주일 동안 성공했을 시에는 원하는 쿠폰 한 장을 줄 것입니다.

20○○년 3월 15일

"어떤 쿠폰이요?"

"우리 반에서 하고 있는 거 있잖아. 일기면제권이라든지, 간식 쿠폰이라든지."

"저 간식 쿠폰 받고 싶어요!"

민준이 눈이 반짝거렸다.

"그래! 좋아. 우리 일주일은 민준이가 식단표에 표시한 것들 보면서 도전해 보자."

나는 민준이와 새끼손가락을 꼭 걸었다. 민준이 손이 따뜻하게 느껴졌다. 일주일 동안 민준이는 나름대로 노력하며 잘 실천했다.

'이게 교사의 기쁨이구나.'

좋은 쪽으로 변화되고 발전하고 성장해 나가는 아이들을 보는 것이 바로 기쁨이었다.

4부

꼬리에 꼬리를 무는
학교 행사

1

4월은 과학의 달

"4월은 과학의 달이에요. 다음 주에 과학의 날 행사를 할 것이에요. 하고 싶은 분야를 골라 보세요. 과학 그림 그리기, 과학 글쓰기, 에어로켓 날리기, 과학상자, 과학 관찰 중에서 골라 오라고 했는데 골랐나요?"

"네! 저는 그림 그리기 할래요!"

"저는 과학상자 하고 싶어요."

"자, 조용! 과학상자는 자기가 가지고 와야 하는 거 알지요? 그럼 자기가 하고 싶은 곳에 손을 들어 보세요."

과학 그림 그리기 13명, 과학 글쓰기 다섯 명, 에어로켓 날리기 세 명, 과학상자 두 명, 과학 관찰 한 명이었다. 역시나 과학 그림 그리기에 지원하는 학생이 가장 많았다.

4월이면 항상 했던 과학의 날이 새록새록 떠올랐다. 나는 글쓰기도 귀찮고, 과학상자도 귀찮고, 새로운 것을 도전하는 것도 귀찮아서 항상 과학 그림 그리기에 지원하곤 했다.

"김하늘 선생님. 학생들 다 집에 보냈지요? 연구실로 오세요."

서민지 선생님이 경쾌하게 말했다. 연구실로 가니 부장님과 서민지 선생님, 김옥분 선생님이 계셨다.

"다음 주 과학의 날 행사에 대해 이야기할 필요가 있어서 모이자고 했어요. 학생들이 어떤 것에 참여하고 싶은지 오늘 조사했지요?"

이서인 부장님이 말씀하셨다.

"네. 과학 그림 그리기가 제일 많네요."

김옥분 선생님이 말씀하셨다.

"저희 반도요."

나도 대답했다.

"항상 그렇죠, 뭐."

서민지 선생님도 고개를 끄덕이며 말씀하셨다.

"과학상자는 과학실에서 과학 전담 선생님이 맡아서 진행해 주시기로 했고요, 에어로켓은 영어 전담 선생님과 체육 전담 선생님이 운동장에서 진행해 주시기로 했어요. 저희가 과학 그림 그리기

와 과학 글쓰기만 나누어서 하면 될 것 같아요. 그림 그리기에 지원한 학생들이 가장 많으니 세 반을 과학 그림 그리기로 하고요, 한 반만 과학 글쓰기 반으로 하면 될 것 같아요. 과학 글쓰기 진행해 주실 분?"

이서인 부장님이 물었다.

"제가 할게요."

김옥분 선생님이 과학 글쓰기를 맡는다고 하셨다.

"그럼 저를 포함해서 서민지 선생님과 김하늘 선생님은 과학 그림 그리기를 맡도록 해요. 학생들이 반을 옮겨야 하는데 김옥분 선생님 반에서 과학 그림 그리기를 지원한 학생들을 세 팀으로 나누어 주세요. 그리고 저희 반과 서민지 선생님 반, 김하늘 선생님 반으로 보내 주세요. 과학 글쓰기를 지원한 학생들은 김옥분 선생님 반으로 보내 주시고요."

"네."

짧고 굵게 회의가 끝났다. 오늘은 업무도 한가하고 수업 준비도 빠르게 끝나서 오후에 조금 여유가 생겼다.

'서민지 선생님 반에 한번 가봐야겠다.'

항상 밝아 보이시는 서민지 선생님께 가서 이것저것 묻고 배우고 싶은 생각이 들었다. 똑똑. 3반 앞문을 노크했다.

"네, 들어오세요."

서민지 선생님의 목소리였다.

"선생님."

"김하늘 선생님, 어서 오세요. 바로 옆 반인데도 얼굴 보기가 힘들어요, 그죠? 학교가 정신없이 바쁜 곳이라 그래요. 신규 발령 나서 힘들 텐데 신경 많이 못 써서 미안해요."

"아니에요, 선생님. 지금은 뭐하세요? 바빠 보이시는데 괜히 왔나 봐요."

나는 미안한 목소리로 말했다.

"다음 주 과학의 날 행사를 준비하고 있었어요. 제 업무거든요. 이제 거의 다했어요."

서민지 선생님은 괜찮다고 앉으라는 시늉을 하며 말했다.

"아, 그렇구나. 에어로켓 다 주문하신 거예요?"

교실 한쪽 구석에 쌓인 에어로켓이 들어 있는 상자를 보고 말했다.

"네. 과학의 날 행사를 어떻게 진행할지 계획서 올리고 필요한 것도 사고, 과학 그림 그리기랑 글쓰기 주제도 선정하고 그랬죠."

서민지 선생님이 웃으며 말씀하셨다.

"뭐든 쉽게 하는 행사가 없군요. 제가 초등학생 때는 저희가 참여하는 행사들, 저희가 듣는 수업들 뒤에 선생님들의 노력이 이렇게 많이 있는지 몰랐어요."

"저도 그랬어요. 학교 전체의 큰 행사를 혼자 책임지는 느낌이 꽤나 무겁네요. 김하늘 선생님도 기초학력 강사도 채용하고 정신 없었지요? 덕분에 저희 반 애들도 차근차근 반에 참여하면서 열심히 공부하고 있어요."

"네, 선생님들한테 물으면서 했어요. 그래도 학생들이 공부하는 모습을 보니까 뿌듯하더라고요."

"맞아요. 힘들어도 뿌듯한 마음에 일을 계속할 수 있는 것 같아요."

"왜 이렇게 학생들은 그림 그리기만 하려고 하는지 모르겠어요."

궁금해서 물었다.

"제일 간편하잖아요. 쓱쓱 그림 그리면 끝난다고 생각하니까요. 몇 년 해 보니까 과학 그림 그리기든 글쓰기든 결과물이 잘 나오려면 상상할 수 있도록 제가 좀 수업을 해 주어야 하더라고요. 그래서 인공지능이나 로봇에 대한 자료를 만들어 봤는데 김하늘 선생님한테도 보내 드릴까요?"

"네, 좋아요! 아, 정말 선배 선생님들 없었으면 저는 어쩔 뻔했어요."

"다 그래요. 저는 지금도 주변 선생님들 도움을 많이 받아요. 서로 돕고, 배우고 하면서 일을 해야지요. 아마 경력이 계속 쌓이

고 나이가 들어도 그럴 것 같아요. 저도 언젠가는 김하늘 선생님
께 도움을 받을 테고요."

"저도 도와드릴 일이 있으면 좋겠네요. 역시 선배 선생님 교실
에 놀러 가면 떡이 하나 생긴다니까요! 감사해요!"

나는 조금은 가벼운 마음으로 교실로 돌아왔다. 내가 힘들 때
도와주시는 동료 선생님이 있다는 것은 참으로 든든한 일이었다.

2

첫 공개수업

"학부모 공개수업 주간이 돌아왔습니다. 공개수업 지도안은 모두 이번 주 금요일까지 제출해 주세요."

이서인 부장님이 말씀하셨다.

"공개수업요?"

"1년에 공개수업을 세 번은 하게 될 거야. 학부모 공개수업, 동료 공개수업, 또 김하늘 선생님은 신규교사니까 신규교사들만 하는 공개수업. 내 수업을 다른 사람들에게 공개한다는 게 쉽지는 않지만 공개수업을 하면서 많이 발전하더라고. 나도 그랬고. 학부모에게는 우리 반은 이렇게 공부하고 있다고 보여 줄 수 있고, 학부모는 내 아이가 어떻게 공부하고 있는지 볼 수 있고."

"남들 앞에서 수업하는 것 엄청 긴장될 것 같아요."

나는 걱정스러운 목소리로 말했다.

"맞아. 나도 매년 해도 매년 긴장돼."

서민지 선생님도 덧붙였다.

"일단 김하늘 선생님! 어떤 과목을 공개수업할지 정하고, 어떤 단원의 어떤 차시를 할지 정해. 수업에서 어떤 활동을 할지 정한 뒤 수업 과정안을 쓰는 거야. 최대한 학생들이 직접 참여할 수 있는 수업을 공개하는 게 좋아."

부장님은 또박또박 내가 해야 할 일을 읊어 주셨다.

다음 날 나는 학생들에게 안내했다.

"3학년 2반 친구들, 다음 주 수요일에 공개수업이 있을 거예요. 공개수업에 부모님께서 참여하실 수 있으면 가정통신문에서 '참여'에 체크하고, 참여하지 못하시면 '불참'에 체크해서 가져오는 겁니다."

어떤 과목을 공개해야 하나, 교과서를 보며 고민했다.

'내가 제일 자신 있는 과목인 수학을 공개해야겠어. 다음 주 수요일에는 무엇을 배울 차례지? 길이와 시간을 배우네? 1분은 60초라는 것을 배우는 거네.'

나는 교과서와 교사용 지도서를 함께 보면서 어떻게 수업을 할지 생각했다. 그리고 부장님이 주신 수업 과정안 양식에 적어 넣기 시작했다.

'그래. 잘할 수 있어.'

학부모 공개수업의 날이 돌아왔다.

"엄마!"

"할머니!"

"아빠!"

아이들은 뒤를 돌아보며 엄마가 왔나, 아빠가 왔나, 어디 있나 찾느라 정신이 없었다. 부모님이 공개수업에 참여하지 못한 아이들은 서운한 표정을 감추려고 노력하며 자리에 앉아 있었다. 학부모님들이 교실 뒤쪽으로 들어와 섰다. 갑자기 심장이 쿵쾅거리기 시작했다.

"3학년 2반 친구들, 모두 선생님을 보세요. 반가운 마음은 잠시 내려 두고 우리 열심히 공부해 봐요. 할 수 있죠?"

"네!"

평소보다 우렁찬 아이들의 목소리에 힘이 났다.

"그럼 선생님이 퀴즈를 하나 내면서 시작할게요. 우리는 매일매일 사라지는 보물을 갖고 있어요. 그 보물이 뭘까요?"

내 질문에 학생들은 고개를 갸우뚱거렸다.

"모르겠어요. 힌트 더 주세요."

학생들은 힌트를 더 주라고 아우성이었다.

"이 보물은 내가 어떻게 쓰느냐에 따라 더 많아지기도 하고 더 적어지기도 하지요."

"선생님 모르겠어요."

살짝 뒤를 보니 뒤에 서 계시는 학부모님들도 답이 뭘까 궁금해 하는 눈치였다.

"그럼 진짜 답을 바로 알 수 있는 힌트를 줄게요. 시계!"

"아, 시간이요!"

시현이가 대답했다.

"맞아요. 바로 시간이에요. 매일매일 시간이라는 보물이 사라지고 있지요."

수업의 시작이 좋았다.

배움중심수업 과정안

수업대상	3학년 2반	수업일시	20○○년 5월 18일 5교시
수업교과	수학	수업단원	5. 길이와 시간
핵심 · 교과역량	추론, 의사소통, 창의 · 융합		
성취기준	[4수03-01]1분은 60초임을 알고, 초 단위까지 시각을 읽을 수 있다.		
학습주제	1분은 60초임을 알고, 몇 초 동안 할 수 있는 집안일 활동 약속하기		
학습목표	시간의 단위 1초와 1분 = 60초임을 알고, 초 단위까지 시각을 읽을 수 있다.		

배움중심수업	배움자료와 유의점

[배움 열기]
• 퀴즈-매일 사라지는 보물이 무엇인지 알아맞히기.
  정답: 시간
• 도입-시간이 느리게 갈 때/빠르게 갈 때
  간단하게 토의하기
	ppt

[배움 활동 1]
• 1초 단위 알아보기
• 1초 단위 양감 기르기
• 초 단위 시각 읽기
• 시간을 분과 초로 나타내기
	• ppt, 시계
	• 초 단위의 시간을 어림하
	  는 활동을 통해 초 단위
	  시간에 대한 양감을 기를
	  수 있도록 한다.

[배움 활동 2] • 『1분이면』 책 함께 읽어 보기 • 몇 초 동안 할 수 있는 집안일 활동 모둠별로 이야기하고 포스트잇에 적고 칠판에 붙이기	ppt, 포스트잇
[배움 정리] • 1분 = 60초임을 알기 • 몇 초의 가족 간 배려 약속하기	

평가 영역	평가 내용	평가 기준	평가 척도
측정	1초 단위를 이해하고, 시간을 분과 초로 나타낼 수 있는가?	1초 단위를 정확하게 이해하고, 시간을 분과 초로 알맞게 나타낸다.	잘함
		1초 단위를 이해하고, 시간을 분과 초로 나타내지만 다소 오류가 있다.	보통
		1초 단위 이해를 어려워하고, 시간을 분과 초로 나타내지 못한다.	노력 요함
평가 방법	관찰평가		

40분이라는 시간을 맞추기 위해 시계를 힐끔힐끔 보면서 수업을 계속 진행했고 어느새 막바지로 달려가고 있었다.

"그럼 우리 마지막으로 몇 초간 할 수 있는 집안일에 대해 생각해 보도록 할게요. 가족을 배려하려고 몇 초간 할 수 있는 집안일에 대해 모둠원 친구들끼리 함께 이야기해 봐요."

나는 교실을 돌아다니면서 학생들이 잘하고 있는지 살펴보기도 하고, 칭찬해 주기도 했다.

"선생님, 진호가 선생님이 하라고 하는 건 안 하고 계속 너희 엄마는 왜 안 왔냐고, 불쌍하다고 뭐라고 해요."

수진이가 울기 시작했다. 수업 시작할 때부터 표정이 좋지 않았던 수진이었다. 나는 당황스러웠다. 수업은 13분 정도 남아 있었다.

"수진아, 괜찮니?"

나는 먼저 수진이에게 다가가서 물어보았다. 수진이는 계속 울고 있었다.

"진호야, 수진이 속상한데 그런 말은 하지 말자. 우리 수업 마무리해야 하는데 할 수 있겠니?"

수진이는 고개를 저었다. 나는 어찌할지 몰랐다. 뒤에 서 계시는 학부모님들도 당황한 듯 보였고, 진호 어머니는 얼굴이 빨개져 있었다.

"수진아, 화장실에 가서 세수하고 와도 괜찮아. 마음을 조금 진정하고 올래? 선생님이랑 친구들은 남은 수업을 할게요."

"네."

수진이는 훌쩍이면서 교실을 나갔다. 나는 진땀이 났다.

"여러분, 우리 남은 활동 마무리하도록 해요. 모둠원끼리 모두 이야기를 마쳤으면 모둠판에 포스트잇으로 붙여서 가지고 나오세요."

그리고는 남은 시간이 어떻게 지나갔는지 모르겠다. 수업이 끝났고, 학부모님들은 인사하고 집으로 돌아갔다.

"선생님."

진호 어머니셨다.

"네?"

"우리 진호가 친구 마음을 아프게 해서 어떡해요. 진호랑 제가 같이 수진이에게 사과하고 싶어서요."

"네. 그럼 수진이 불러서 연구실루 갈게요. 옆에 교사 연구실로 먼저 가 계실래요?"

진호 어머니는 진호를 데리고 연구실로 갔다.

"수진아, 많이 속상했지? 진호 어머님이랑 진호가 수진이한테 사과하고 싶다고 하는데 사과 받아 줄 수 있겠어?"

수진이는 아무 말도 하지 않고 울기만 했다. 그럴 만도 하다. 수진이는 어머니가 돌아가셔서 안 계시기 때문이다. 진호 어머니가 진호와 함께 사과하는 모습을 보면 더 속상하지 않을까 싶었다.

"수진아, 잠시 여기 앉아 있어."

나는 수진이를 앉혀 놓고 연구실로 갔다.

"진호 어머님, 아무래도 진호 혼자 수진이에게 사과하는 게 좋을 것 같아요. 그게 수진이 상처를 덜 건드리는 방법인 것 같네요. 진호야, 수진이에게 진심으로 사과해 주었으면 좋겠다."

진호는 수진이에게 미안하다고 사과했다. 수진이는 고개를 끄덕였지만 이미 구겨진 마음이 순식간에 펴지기는 힘들 것이다.

그렇다. 교사의 자리는 아이들 상처를 모두 인지하고 마음을 보듬어 주는 자리이기도 하다. 진호가 가고 나서 수진이의 손을 잡아 주었다.

"수진아, 선생님이랑 떡볶이 먹으러 가자. 선생님도 오늘 공개 수업하면서 긴장했더니 너무 힘들어서 떡볶이 한 접시 먹어야겠어. 튀김도 같이! 어때?"

수진이는 살짝 웃음을 지었다.

3

신나는 현장체험학습

"선생님, 저희 소풍 언제 가요?"

준수가 큰 소리로 물었다.

"아, 빨리 소풍가고 싶다."

평소에는 모든 것에 무기력한 민준이가 말했다. 5월이 되니 다들 마음이 들썩들썩 하나 보다.

"그래, 그래. 우리는 3주 뒤 갈 거야."

"어디로요?"

"샛별랜드로."

"우와! 놀이동산이요?"

아이들은 시끌벅적했다. 그런데 아이들만 설레는 것이 아니었다. 나도 소풍이라니 설렜다. 그것도 놀이동산이라니! 어쩌면 우리 반 학생들보다 내가 더 설레었는지도 모르겠다.

"현장체험학습 계획서 반별로 제출해 주시고요, 입장료라든지 이런 것은 제가 처리할 테니 학생들 안전 교육 잘 부탁합니다. 단순히 놀러 가는 것이 아니라 현장체험학습이거든요. 어떤 과목의 학습을 밖에 가서 하는지 계획서 안에 들어 있어야 합니다. 그리고 사전 답사도 미리 다녀오셔야 합니다."

"사전 답사요?"

나는 놀라서 물었다.

"응. 이게 학년이 다 같이 가는 거면 내가 대신 답사하면 되는데 이제 반마다 교육과정도 다르고, 현장체험학습도 달라서 내가 해 줄 수도 없네. 미리 가서 어떤 코스로 돌아볼지, 뭐가 위험한지 이런 것들 체크해 두어야 하거든. 사전 답사 다녀와서 사전 답사 보고서도 내야 해."

"아…… 네."

'역시 뭐 하나 그냥 가는 건 없지. 열심히 계획서 쓰고, 안전 교육 자료 만들어야지.'

버스에 어떻게 앉을지 버스 짝도 정했고, 학생들 목걸이 이름표도 만들었고, 사전 답사도 했다. 샛별랜드에 가서는 모둠별로 돌아다닐 텐데 어떻게 돌아다닐지 모둠도 짰다. 그렇게 하나하나 준비를 하며 3주가 지났고, 오늘은 드디어 현장체험학습을 가는 날이다.

"우리 반 다 왔는지 보자. 얘들아, 줄 서 보자."

아이들의 배낭이 두둑해 보였다. 아마도 도시락과 간식거리들이 가득할 것이다.

"어? 한 명이 안 왔네? 누가 안 왔지?"

"선생님! 수진이가 안 왔어요."

나의 정신없는 목소리에 학생들은 수진이가 안 왔다는 것을 급하게 알렸다.

"이제 곧 버스가 출발해야 합니다. 인원 체크하고 학생들 탑승시켜 주세요."

버스 기사님의 서두르는 목소리에 내 마음이 더욱 조급해졌다.

'가만있어 봐라. 학부모 연락망이 어디 있더라.'

나는 가방에서 학부모 연락망을 찾아 수진이 아버님의 전화번호를 찾아냈다.

"수진이 아버님, 학교예요. 오늘 현장체험학습을 가는데 수진이가 아직 안 와서요. 저희가 버스 출발 시간, 입장 시간이 정해져 있어서 늦으면 안 되거든요."

"네. 거의 도착했어요. 아침에 김밥을 사느라 늦었습니다. 죄송합니다. 5분이면 도착합니다. 조금만 기다려 주세요."

수진이 아버님은 거듭 죄송하다고 사과하시며 전화를 끊으셨다. 다행히 수진이가 곧 도착해서 운동장을 가로질러 달려왔다.

"선생님~~"

"어서 와, 수진아."

안전벨트를 맸는지 다시 한 번 확인하고, 버스를 탈 때 조심해야 할 점에 대해 교육한 뒤 출발할 수 있었다. 나는 아침부터 진이 빠져서 비몽사몽 한 상태로 잠깐 잠이 들었다 깼다 하며 버스를 타고 갔다.

"선생님, 준수가 놀려요."

시현이 목소리였다.

"준수야! 기분 좋은 날인데 선생님이 너희들 혼내게 하지 말아줄래?"

"네. 우와! 샛별랜드 곧 도착할 것 같아."

준수의 영혼 없는 대답과 함께 탄성이 들렸다. 정말 샛별랜드의 입구가 보였다.

'아, 도착하면 교감 선생님께 전화하라고 했지?'

나는 교감 선생님께 샛별랜드에 잘 도착했다는 것을 알렸다. 신나 하는 학생들을 한 명 한 명 챙기며 버스에서 내렸다. 매번 학생 수를 잘 세라는 이서인 부장님의 말씀도 잊지 않았다. 수를 세다 보니 또 한 명이 부족하다.

"얘들아, 이번에는 누가 없는 거야?"

나는 깜짝 놀랐다. 아무 사고 없이 잘 다녀오게 해 달라는 내 기도가 무색해지나 싶었다. 급하게 버스에 올라가 보니 윤형이가 의자에 잠들어 있었다.

"윤형아, 일어나. 어서 일어나. 윤형이 버스 짝 누구였어?"

"서현이었어요."

시현이가 말했다.

"서현아, 왜 윤형이를 안 깨웠어?"

"윤형이가 일어날 줄 알았어요."

서현이는 조그마한 목소리로 대답했다.

"그래, 사고 없었으니 됐다. 앞으로는 주변에 친구들도 좀 챙겨 줘."

샛별랜드에 입장하니 오늘의 체험학습을 도와주실 도우미 선생님이 샛별랜드 측에서 세 분 더 나오셨다. 우리는 크게 네 팀으로 나누었다.

- 무서운 놀이 기구를 좋아하는 1팀
- 무서운 놀이 기구를 좋아하는 2팀
- 재밌는 놀이 기구를 좋아하는 1팀
- 재밌는 놀이 기구를 좋아하는 2팀

"여러분, 여기 샛별랜드 선생님 잘 따라다니세요. 12시에 여기 모여서 함께 점심을 먹을 거예요. 재밌는 놀이 기구 2팀은 선생님과 함께 다닐 겁니다. 놀이 기구 탈 때 위험한 장난은 절대 치지 말고요, 질서 잘 지키도록 하세요."

나는 혹시라도 학생들이 다칠까 봐 더 예민해졌다. 자꾸 줄을 맞추라고 잔소리를 하게 되었다.

여러 학생의 안전을 책임진다는 것이 이렇게 어려운 일이구나 싶었다. 그래도 아이들은 즐거워 보였다. 평일이라 그런지 사람이 많지 않아서 아이들은 마음껏 놀이 기구를 탈 수 있었다.

어느새 점심시간이 다 되었다. 바로 소풍의 꽃, 도시락이다. 나도 아침에 오면서 편의점에서 컵라면과 김밥을 사 왔다.

"애들아, 여기서 친구들과 점심을 맛있게 먹어요. 다 먹으면 쓰레기는 가지고 온 봉지에 넣어서 가져가 버리도록 해요."

아이들은 삼삼오오 모여서 도시락을 먹기 시작했다. 캐릭터 모양 김밥, 유부 초밥, 볶음밥 등 다양한 재료가 예쁘게 어우러져 도시락 꽃을 피우고 있었다.

"선생님, 라면 먹어요?"

진호가 물었다.

"응. 우리 진호는 뭐 싸 왔니?"

"저는 김밥이요. 선생님은 왜 편의점에서 사 왔어요?"

"음, 선생님은 김밥을 싸 줄 엄마랑 같이 살고 있지 않거든."

너무 바쁘게 사느라 잊고 있었던 엄마 얼굴이 떠올랐다.

'엄마가 싸 준 김밥이 얼마나 맛있었는데.'

"선생님, 이거 드세요."

진호가 김밥을 하나 집어서 나에게 주었다.

"고마워. 우리 장난꾸러기 진호가 다 컸네."

"저 이미 컸어요!"

"다 큰 진호, 돌아다니지 말고 앉아서 먹어요. 그러다 다쳐요."

나는 웃으며 말했다. 점심을 먹고 우리는 다 함께 샛별랜드 안에 있는 샛별동물원을 구경했다.

"3학년 2반, 이제 현장체험학습의 마지막 단계입니다."

"뭐요?"

"바로 단체 사진 찍기예요. 사진 찍고 학교로 돌아가도록 해요! 자, 여기 동물원 입구가 잘 보이게 서 볼까요?"

찰칵!

도둑맞은 시계

"선생님, 새로 산 시계가 사라졌어요."

수진이가 말했다.

"시계가 사라졌다고?"

내가 놀라서 물었다.

"네. 아빠가 공개수업에 못 와서 미안하다고 새로 사 준 시계거든요. 아침에 가져와서 친구들에게 보여 주고 급식 먹으러 갈 때 불편해서 잠깐 빼서 책상 위에 올려놨는데 사라졌어요."

수진이가 훌쩍거리기 시작했다. 나는 당황스러웠다. 공개수업에 있었던 일도 떠올라서 더욱 안타까웠다.

"무슨 일이야?"

서현이가 주변 친구들에게 물었다.

"누가 수진이 시계를 훔쳐 갔대."

준수가 답했다.

"누구지?"

다들 누구냐고 떠들기 시작했고, 나는 어떻게 해야 하나 싶었다. 일단 앉혀서 물어봐야 할 것 같았다.

"모두들 앉으세요. 수진이가 시계를 잃어버렸대요. 수진이 시계 혹시 본 사람 있나요?"

아무도 답하지 않았다. 반 학생들을 범인으로 몰아가는 것 같아서 여간 찝찝한 게 아니었다.

"모두들 눈 감으세요. 수진이 시계를 혹시라도 가져간 사람 있으면 손 들어 주세요. 선생님이 혼내지 않을게요."

계속 물었지만 교실은 조용했다. 그냥 넘어갈 수는 없는 사건이었다. 나는 학생들을 앉혀 놓고 옆 교실로 갔다.

"이서인 부장님."

나는 조용하게 부장님을 불렀다. 부장님은 수업 중이셨다. 그런데 어쩔 수 없었다. 시간이 지나면 시계를 찾을 확률이 낮아질 것 같아서 실례를 할 수밖에 없었다. 복도로 살짝 불러내어 상황을 말씀드렸다.

"김하늘 선생님, 그럼 시계를 찾아오면 선물을 주겠다고 시계

찾기 대회처럼 한번 해 봐. 시계를 훔쳐 갔더라도 지금 손을 들면 혼날 것 같기도 하고 부끄럽기도 해서 밝히기 쉽지 않아. 시계를 찾아온 사람에게 선물을 주겠다고 하면 '시계를 찾은 사람'이지 '시계를 훔친 사람'이 아니거든. 그렇게 했는데도 안 찾아온다? 그럼 시계를 찾아오면 시계를 훔친 사람이라고 의심받는다는 것을 이미 예측할 만큼 생각이 컸다는 거거든."

부장님이 계속 말씀하셨다.

"이럴 때는 김하늘 선생님이 조용히 수진이한테 시계가 무슨 색깔인지 따로 물어봐. 시계 색깔을 알고 있는 상태에서 학생을 한 명씩 복도로 불러 급작스럽고 조용하게 수진이 시계가 무슨 색깔이냐고 한번 물어봐. 대부분 모른다고 대답하는데 색깔을 말하는 학생이 있거든. 답을 알고 있을 때 갑자기 질문을 받으면 나도 모르게 맞는 답을 하게 되잖아. 그 색깔이 일치하면 그 학생에게 조용히 다시 물어보는 거지. 이것까지 했는데도 못 찾는다면 시계 색깔을 맞게 말하면 의심받게 되니 바꿔서 말했다는 거야."

"시계를 훔치지 않았는데 우연히 시계 색깔을 말할 수도 있잖아요?"

"질문할 때 학생 표정을 유심히 보면 돼. 선생님 눈을 똑바로 쳐다보는지 살펴봐."

"네, 일단 해 볼게요. 감사해요, 부장님."

"그래, 그래."

나는 교실로 돌아와서 학생들에게 말했다.

"우리는 한 반입니다. 수진이가 시계를 잃어버린 데는 우리 모두의 책임이 있어요. 물론 수진이가 자신의 물건을 더 잘 간수했어야 하지만 이미 이렇게 된 이상 우리가 모두 함께 힘을 합해 찾아야 합니다. 지금부터 수진이 시계 찾기를 할 거예요. 만약 수진이 시계를 찾아온다면 선생님이 선물을 줄 거예요."

학생들은 온 학교로 흩어져서 수진이 시계를 찾기 시작했다. 이렇게 정신없는 와중에 누군가 시계를 찾았다고 가져와 주기를 간절히 바랐다. 하지만 아무도 그렇게 하지 않았다. 첫 번째 작전은 보기 좋게 실패했다. 이제 두 번째 작전에 돌입할 시간이다. 수진이에게 살짝 물어보니 주황색이라고 했다. 주황색이라고 답하는 학생이 있을까 싶었다. 찜찜한 마음으로 학생들을 한 명씩 복도로 불렀다.

"수진이 시계가 무슨 색깔이지?"

갑자기 이렇게 물으니 학생들은 당황스러운 표정으로 답했다.

"몰라요."

"빨간색?"

"검은색?"

잘 알지도 못하는데 색깔을 말하고 있는 열 살 친구들을 보며 내가 뭐하고 있는 걸까 싶었다. 그러다가 영민이가 "주황색?" 이렇게 말하는 것이다. 그런데 누가 보아도 정말 모르겠는데 찍어서 말하는 표정이었다.

"그래. 들어가."

모두들 자리에 앉았다. 두 작전 모두 아무 성과 없이 끝나고 말았다.

"3학년 2반 친구들, 모두 엎드리세요. 마지막으로 물을게요. 수진이 시계 혹시 가져간 사람 있나요? 선생님이 혼내지 않고 비밀 지켜 줄 테니까 조용히 시계만 돌려주세요."

조용한 교실 속에 내 목소리만 울려 퍼졌다. 그때였다. 누군가 손을 들었다. 나는 깜짝 놀라고 말았다. 평소에 모범생이었던 시현이었기 때문이다. 나는 고개를 끄덕였다.

"모두들 고개 들고 바로 앉으세요. 이제 우리 반 모두 집에 갈 겁니다. 가방 싸세요."

학생들을 모두 집으로 돌려보냈다. 시현이만 교실에 남았다.

"시현아, 솔직하게 손 들어 줘서 고마워."

시현이는 수진이의 시계를 가방에서 꺼냈다.

"어떻게 된 건지 말해 줄 수 있을까?"

이미 지금 이 상황만으로도 충분히 힘들 것을 알기에 최대한 다정하게 물었다.

"수진이가 시계를 자랑하는데 너무 예뻐 보였어요. 갖고 싶었던 시계였는데 부모님이 절대 안 사 주신다고 하셨거든요. 그래서 저도 모르게……. 친구들이 모두 급식실로 가고 있을 때, 잠깐 화장실에 가는 척하고 교실로 돌아왔어요."

시현이는 울기 시작했다. 평소에 말썽 한 번 피우지 않던 학생이었다. 게다가 수진이와 시현이는 서로 친한 친구 사이였다.

"울지마, 시현아. 시현이 마음 이해할 수 있어. 시현이도 그러면 안 된다는 것 알고 있지? 이 시계 시현이가 직접 돌려줄래? 아니면 선생님이 돌려줄까?"

"제가 돌려줄게요."

시현이가 고개를 숙이고 대답했다.

"그래. 그럼 수진이에게 사과 편지를 써서 함께 돌려주자. 시현이는 용기 있는 친구야. 그리고 앞으로는 절대 이런 일이 일어나지 않도록 하자."

시현이와 새끼손가락을 걸고 약속했다. 시현이의 모습을 보면 평소에도 극심한 학업 스트레스에 시달리고 있는 것이 보였다. 나는 이서인 부장님 교실로 갔다.

"부장님, 스트레스가 너무 심하면 물건을 훔치게 되는 경우가 있나요?"

"왜? 누가 시계를 가져갔는지 밝혀졌어?"

부장님은 눈을 동그랗게 뜨고 물어보셨다.

"네. 시현이가 가져갔다고 말했어요."

"어머, 어머. 시현이가?"

"부장님도 깜짝 놀라셨죠? 의외죠?"

"아니. 시현이는 작년에도 비슷한 일이 있었어."

"정말요?"

"응. 애가 집에서 스트레스를 많이 받는 것 같더라고. 공부도 그렇고. 그렇다 보니 물건을 훔친 적이 몇 번 있었어. 상담 선생님께 의뢰해서 상담도 받았고. 시현이 어머님도 알고 계시는데 또 그럴 줄은 몰랐네."

"그랬구나. 시현이 어머님께 전화 드리려고요."

"그래. 시현이랑 수진이는 친한 사이 아니었어?"

"네. 그래서 저도 걱정이에요."

"담임 선생님이 중간에서 잘 말해 주는 것도 중요하니까 잘 말해 줘."

"네."

시현이에게 그런 사연이 있었다니 마음이 아팠다.

'얼마나 힘들었으면 그렇게 일탈을 할까. 어떻게 하면 3학년 2반 친구들이 다 같이 잘 지낼 수 있을까?'

친구들끼리 놀리는 일도 많고, 시계를 훔치는 일까지 생기다

보니 분위기 전환이 필요하겠다 싶었다.

'그래. 비밀친구를 해야겠다!

"3학년 2반 친구들!"

"네!"

조그마한 학생들이 입을 모아 대답할 때, 직업 자판기 덕에 내가 선생님이 된 것에 감사해지곤 했다.

"선생님이 재미있는 것을 여러분과 함께하려고 해요."

"뭐요?"

"체육이요?"

에너지가 넘치는 초등학생들이 가만있지 않고 떠들어 댔다.

"조용히 해 보세요."

나는 손가락을 입에 가져다 대며 '쉿' 표시를 했다.

"오늘부터 우리는 비밀친구를 만들 거예요."

속삭이듯이 말했다.

"비밀친구가 뭐예요?"

"말 그대로 비밀친구예요. 선생님이 여러분 이름이 적힌 종이들로 제비뽑기를 하게 할 거예요. 내가 뽑은 친구가 나의 비밀친구가 되는 거예요. 그리고 그 친구를 몰래 도와주는 거죠."

"어떻게 몰래 도와줘요?"

준호가 물었다.

"비밀친구가 없을 때 책상을 정리해 준다거나, 책상 줄을 맞춰 준다거나, 조그마한 간식을 놓아준다거나 하는 다양한 방법이 있겠죠? 일주일간 비밀친구를 해 주고 다음 주에 비밀친구에게 편지를 써 주면서 밝히는 겁니다."

교실이 웅성웅성했다.

"단 선생님이랑 약속해야 해요. 내가 마음에 안 드는 친구가 나왔다고 비밀친구 활동을 안 한다거나, 일주일이 지나지 않았는데 비밀친구가 누군지 밝힌다거나, 친구의 비밀친구를 알게 되었는데 누구 비밀친구는 누구래요 하고 말한다거나 하면 우리 반 비밀친구 게임은 끝나는 거예요. 알겠죠?"

"선생님, 그런데 제가 일부러 알려고 한 건 아닌데 알게 되면 어떡하죠?"

시현이가 물었다. 역시 날카로운 질문이었다.

"그럼 그냥 모른 척해 주세요."

나는 빙긋이 웃으며 말했다. 학생들에게 이름표를 뽑게 했다. 어떤 학생들은 "오예!" 하고 소리를 질렀고, 어떤 친구는 "아!" 하고 한숨을 쉬었다. 새로운 프로젝트가 시작되면서 교실에는 활기가 돌았다.

이름표를 뽑았을 때부터 표정이 구겨졌던 진호의 비밀친구는 수진이었다. 진호는 수진이 때문에 공개수업을 한 날 엄마한테 혼났다고 수진이를 원망했다. 그 뒤로 수진이를 놀리는 것은 그만 두었지만 수진이가 말을 시켜도 못 들은 척하거나 수진이에게 아예 말을 걸지 않고 있었다. 공교롭게도 수진이 비밀친구는 시현이었다. 시현이가 수진이 시계를 훔친 뒤로 수진이와 시현이 사이는 어색해졌다.

'잘됐어. 이번 기회로 모두 화해하고 사이가 좋아졌으면 좋겠어.'

수진이는 점심시간에 시현이 책상 주위를 맴돌았다. 시현이가 오나 안 오나 눈치를 보더니 시현이 책상 위에 널브러진 쓰레기를 가져다 버렸다. 나는 수진이에게 살짝 엄지손가락을 세워 보였다. 수진이는 민망한 표정을 지었다.

진호는 특별히 큰 행동을 보이지는 않았다. 다만 "야, 박수진! 너 술래잡기 같이 할 거냐?" 하고 물어보았다. 수진이가 "싫어!"라고 대답해서 같이 술래잡기를 하지는 않았지만 그렇게 진호가 다가가면 수진이도 마음을 열지 않을까 싶었다.

다른 친구들도 열심히 비밀친구 활동을 했다. 그렇게 일주일이 지났다.

"오늘은 드디어 비밀친구를 밝히는 날이에요. 비밀친구에게 편지를 쓸 거예요. 그 편지에는 그동안 내가 비밀친구를 위해 어떤 일을 했는지 쓰는 거예요. 알았죠?"

"네."

그때 준수가 말을 꺼냈다.

"선생님, 저는 비밀친구 활동을 하나도 안 했는데요? 어떡해요?"

준수가 너무 당당하게 물어서 살짝 당황했다.

"준수야, 비밀친구에게 굉장히 미안한 일이다. 그지? 비밀친구에게 미안하다고 하고, 비밀친구의 장점을 세 가지 써 줄래?"

"네, 알았어요."

수진이에게

수진아, 안녕. 나 진호야.

나는 너의 비밀친구를 하면서 네 책상 주변에 있는 쓰레기를 주웠어. 네 책상 위에 있던 초콜릿도 내가 올려놓은 거야.

부끄럽다. 사실 너와 친하게 지내고 싶었는데 자꾸 놀렸던 것 같아.

미안했어. 너는 친구들하고도 잘 지내고, 공부도 열심히 하는 것 같아. 우리 앞으로 친하게 지내자.

— 진호가

시현이에게

시현아, 안녕. 우리 정말 친했는데 시계 사건 이후로 어색해진 것 같아. 나는 괜찮으니까 시현이 너와 잘 지내고 싶어.

나는 너의 비밀친구를 하면서 다음 시간 교과서를 미리 책상에 꺼내 주곤 했어. 책상 줄을 맞춰 주고, 네 사물함 정리도 한 번 했어.

시현이 너의 비밀친구여서 좋았어. 이제는 비밀친구 말고 그 전처럼 진짜 친구 하자! 그럴 거지?

– 수진이가

시현이에게

안녕. 나 준수야.

아무것도 못해 줘서 미안해.

장점 1. 공부를 잘한다.

장점 2. 발표를 잘한다.

장점 3. 예쁘다.

끝.

– 준수가

5

그리고 방학

3월에 평가 계획을 냈다. 선생님들은 그냥 대충 시험을 보는 것이 아니었다. 어떤 것을 평가할지 고민하고 계획을 세운 뒤 수업도 하고 평가도 하는 것이었다. 각 과목마다 어떤 내용을 평가할지, 어떤 방법으로 평가할지 계획을 세웠다. 그 계획을 바탕으로 수업 시간 중간중간 진행한 평가 결과와 학생들의 학교생활을 종합적으로 적어서 생활기록부를 만들어야 한다.

나이스라는 프로그램에 들어가면 학생들이 언제 결석했고, 언제 어떤 내용을 상담했고, 교실에서 무슨 일이 있었고, 수업 시간에는 어땠는지 수시로 적어 놓을 수 있다. 학기 말에는 그동안 보아 온 평가 결과와 행동 발달 사항들을 모두 종합해서 적어 생활기록부가 완성된다. 생활기록부는 학생 한 명 한 명이 한 학기 동안 어떻게 학교생활을 했는지 고스란히 녹아 있는 기록물이다.

"드디어 학기가 끝나 가고 있습니다. 생활기록부는 다음 주까지 작성하여 인쇄해서 내주세요. 연구실에 모여서 서로 돌려 보며 오타가 있는지 살펴볼 거예요. 최대한 학생들의 긍정적인 면에 초점을 맞추어 써 주시고, 단점도 발전 가능성 있게 써 주세요. 언제든지 좋은 방향으로 바뀔 수 있는 게 우리 어린이들이니까요. 또 평생 남는 기록이기도 하고요. 모든 문장은 '함'으로 끝내야 합니다. 마침표 꼭 넣어 주시고요."

이서인 부장님께서 진지하게 말씀하셨다.

생활기록부를 작성할 수 있는 프로그램인 나이스에 들어갔다. 우리 반 학생 한 명, 한 명을 떠올려 보았다. 내가 선생님이 되어 처음 만난 제자들. 비록 직업 자판기로 인해 날아온 교실이었지만 나름대로 고군분투하며 잘해 보려고 노력했던 몇 개월이었다.

'뭐라고 써야 할까?'

각 교과별로 어떻게 학업 성취를 했는지도 기록해야 했고, 행동 발달이라고 해서 한 학기의 종합 의견도 기록해야 했다. 선생님이 학생을 성장시키고 부족한 부분을 알려 주려면 무엇보다 중요한 것이 한 사람을 자세하게 관찰하는 것인 듯싶다. 끊임없이 관찰하고 상담하면서 내가 어떤 도움을 줄 수 있는지 고민하고 연구하는 것이 선생님이란 직업이다.

박진호	순수함을 잃지 않고 친구들과 잘 지내는 개구쟁이 만화주인공 같은 어린이임. 공룡을 그릴 때는 참으로 진지하고 어른스러움. 주제에 대한 자신의 생각이 분명하고 발표를 잘함. 장난기가 많고 호기심이 강해 간혹 갈등을 겪기도 했으나 따뜻한 마음씨로 주변 친구들과 점점 좋은 관계를 만들어 가고 있음. 친구들에게 고운 말을 쓰고 지내면 더 좋을 것 같음. 더불어 미술 활동, 음악 활동도 해 보면 좋을 듯함.
박수진	학급에서 친구들과 사이좋게 잘 지냄. 공부에 대한 욕심도 많아서 알고자 하는 자세가 돋보임. 또한 자기 생각을 잘 표현함. 비록 글쓰기, 수학을 힘겨워 하지만 지난 1년 동안 방과후에 많은 연습으로 나아지고 있음. 친구에게 양보할 줄 알고 이웃을 위해 나눔의 소중한 가치를 적극 실천함.
임시현	독서량이 많고 어휘력이 뛰어나 표현력이 좋으며 다방면에 걸쳐 호기심이 왕성함. 새로운 것을 알고자 하는 욕구가 뛰어나 지적 습득력이 매우 좋음. 친구들 사이에서 옳은 말을 하는 친구이나, 간혹 합리성보다는 융통성이 필요할 때가 있음. 학업 스트레스로 지친 모습을 보일 때가 있으므로 여유로운 마음을 가지면 좋겠음.
윤준수	학급 반장으로서 역할을 충실히 하기 위해 열심히 노력함. 수업 중 주변 친구들에게 관심을 보이며 집중력이 흐트러지는 경우도 있지만, 교육적 지도를 통해 행동을 교정하고 수업에 집중함. 친구들에게 가깝게 다가가는 것에 서툴러서 장난을 치거나 괴롭히는 방법을 선택하는 경향이 있음.
한민준	그림을 잘 그리고 자기만의 상상 속에서 이야기를 펼치는 능력이 뛰어남. 음식을 골고루 먹는 연습을 해서 점점 나아지고 있음. 친구들과 함께하는 시간을 즐겨 하지만 학교생활에서 무기력함을 보일 때가 많음.

생활통지표 작업이 마무리되어 가고, 방학식이 돌아오고 있었다.

"방학이다! 드디어 방학!"

그때 교실 전화벨이 울렸다.

"김하늘 선생님."

교감 선생님 목소리였다.

"네, 교감 선생님."

"이번에 신규교사 연수 명단 공문 봤죠?"

"네? 아직 확인하지 못했는데요?"

나는 당황해서 물었다.

"공문 한번 보고 교무실로 잠깐 내려오세요."

교감 선생님이 부르시니 긴장된 마음으로 교무실로 내려갔다.

"김하늘 선생님, 어서 와요. 학교가 바빠서 얼굴 보기도 힘들 때가 많죠? 우리 교사는 방학이 쉬는 날이 아니에요. 학생들을 더 잘 가르치기 위해 연수를 하는 때죠. 계속 배우고 성장해야 다른 사람도 가르칠 수 있는 것입니다. 발령을 받으면 신규교사 연수를 받아요. 또 3년에서 5년 정도 지나면 1급 정교사 연수도 받아요. 선생님은 교육대학교를 졸업했으니 지금은 2급 정교사거든요. 말이 길었네요. 이번 연수 잘 받고 와요. 더 좋은 교사가 될 수 있는 기회가 되었으면 좋겠어요."

"네."

'방학이라고 쉬는 게 아니었구나. 연수를 하면 공부하는 거네?'

매일매일 늦잠 자고 놀 생각만 했는데 공부을 하라고 하니 한숨이 나왔다.

"김하늘 선생님, 어서 연구실로 오세요."

서민지 선생님이 말했다. 연구실로 가니 동학년 선생님들이 모여 있었다.

"오늘 여름 방학 숙제로 우리 학년은 무엇을 내 줄지 정하려고 해요. 정하면 제가 학년 방학 계획서를 만들어서 결재받고 인쇄하려고 하거든요."

이서인 부장님이 말씀하셨다.

"방학 숙제요?"

방학 숙제에서 일기는 내가 제일 싫어하는 숙제였기 때문에 꼭 빼고 싶었다.

"일기는 우리 내 주지 말아요!"

내가 강력하게 주장했다.

"요즘 아이들은 손으로 글씨 쓰는 일도 많이 없는데, 그래도 일기는 써야지. 꼭 매일은 아니어도 몇 번이라도 일기를 써야 한다고 생각해."

김옥분 선생님이 말씀하셨다. 다른 선생님들도 고개를 끄덕이셨다.

"그래요. 그럼 일기는 방학 동안 열 번 쓰도록 하죠."

그렇게 방학 숙제는 필수 과제로 일기와 독서록, 선택 과제로 영화감상문, 그림 그리기, 재활용품 활용해서 만들기, 편지 쓰기 중 2개를 선택하기로 정해졌다.

"여러분, 오늘은 여름 방학식을 하는 날입니다."

"우와!"

학생들은 모두 소리를 질렀다. 방학이면 좋아하던 내 초등학생 시절이 떠올랐다. 초등학생에서 초등학교 선생님이 된 지 몇 개월 지났을 뿐인데 벌써 아득한 세월처럼 느껴졌다.

"여러분, 건강하게 잘 지내다 오세요. 방학 숙제도 꼭 해 오고 요."

방학을 했고, 나는 다음 날 바로 연수원으로 연수를 들으러 갔다. 스물네 살 내 또래로 보이는 선생님이 많았다. 수가 너무 많아서 반을 나누어 명단을 붙였다. 나는 1반이었다. 1반을 찾아 교실로 들어가니 몇몇 선생님이 이미 앉아 있었다. 자리는 정해져 있지 않은 듯했다.

'어디에 앉을까? 너무 앞자리는 부담스럽고 너무 뒷자리는 잘 안 보이니 이쯤 앉아야지.'

세 번째 줄에서 옆에 아무도 앉아 있지 않은 책상을 찾아 앉았다. 한 명씩 교실로 들어와 자리가 채워졌고, 예쁘장한 여자 선생님이 내 옆으로 다가왔다.

"여기 앉아도 될까요?"

"네, 네."

나는 어색하게 대답했다.

"안녕하세요, 저는 새빛초등학교 교사 정소영이라고 해요."

"아, 안녕하세요. 저는 한국초등학교 교사 김하늘이에요. 새빛초등학교? 혹시 김민경 선생님 아세요?"

나는 민경 언니가 새빛초등학교에 근무한다는 도현 오빠의 말이 갑자기 떠올랐다.

"네, 제 옆 반 선생님이세요. 어떻게 아세요?"

정소영 선생님은 반가운 얼굴로 물었다.

"제 사촌 언니거든요."

"그렇구나."

덕분에 우리는 친해졌다. 학교 이야기, 학생 이야기를 하다 보니 시간 가는 줄 몰랐다. 그때 수업을 해 주시는 강사분이 들어오셨다.

"안녕하세요, 선생님들. 저는 오늘 학급 경영에 대해 강의하러 온 유도현이라고 합니다."

"어? 도현 오빠?"

도현 오빠는 나를 보며 찡긋 윙크를 했다.

일주일간 현직에 계시는 여러 선생님이 학생들을 교육하는 노하우들을 아낌없이 가르쳐 주셨고, 나는 한 단계 더 성장한 기분이 들었다.

'배운 거 빨리 우리 반 학생들한테 알려 주고 싶네.'

한 달 동안의 여름 방학은 쏜살같이 지나갔다. 아마도 더 단단해진 모습으로 우리 반 학생들을 만날 수 있겠다 싶었다.

'우리 반 친구들은 방학 숙제를 다했나?'

다시 돌아오다

"하늘아, 하늘아. 괜찮아?"

어디선가 목소리가 들려왔다.

"어? 어? 누구지? 유도현 부장님."

눈앞이 흐릿하다가 또렷해졌다. 내 앞에는 유도현 선생님이 앳된 모습으로 서 있었다.

"얘가 무슨 소리야. 내가 왜 부장님이야."

"하늘아, 무슨 일이야?"

민경 언니도 달려왔다.

"여기가 어디죠?"

나는 눈을 깜빡이며 물었다.

"어디긴. 너랑 나랑 교대 캠퍼스 구경 왔잖아. 음료수 먹는다고 사라지더니 안 와서 우리가 얼마나 찾아 헤매었는지 알아?"

민경 언니가 말했다.

"교대 캠퍼스요? 음료수요? 저 선생님 아니에요?"

"너 꿈꿨니?"

도현 오빠가 물었다.

"도현 선배, 그런데 진짜 이상하지 않아요? 우리 아까 여기 자판기를 몇 번이나 돌아봤잖아요. 그때는 하늘이가 없었는데 왜 갑자기 하늘이가 여기 누워 있죠?"

민경 언니는 고개를 갸우뚱거렸다.

"그러니까. 하늘이 너 혼자 맛있는 거 먹고 민망해서 괜히 쓰러진 척하고 있었던 거 아니야?"

도현 오빠가 장난기 있는 목소리로 물었다.

'이게 어떻게 된 일이지?'

"언니, 오빠. 저 몇 살이죠?"

"몇 살이긴. 얘가 왜 이래? 너 열두 살이잖아. 실과 수행평가하려고 온 열두 살 5학년."

민경 언니가 말했다.

"정말이요? 저 열두 살이에요? 저 스물네 살 아니죠? 잃어버린 12년을 다시 찾았네."

"너 꿈꿨어? 잠들었던 거야? 도대체 어디 있었어? 나 실종 신고할 뻔했어. 핸드폰으로 아무리 전화해도 받지 않고. 작은엄마한테 말해서 작은엄마도 일하다가 지금 여기로 오고 계셔. 내가 작은엄마한테 얼마나 혼났는지 알아?"

민경 언니가 한편으로는 다행이지만 한편으로는 매우 화난다는 목소리로 말했다.

"민경아!"

"작은엄마!"

엄마 목소리였다.

"김하늘! 어디 갔다 온 거야? 민경이가 네가 사라졌다고 전화했는데 얼마나 놀랐는지. 괜히 대학 탐방은 가라고 해서 이런 일이 일어났나 얼마나 후회되고……."

엄마가 울기 시작했다.

"아니야 엄마. 저 여기 보내 줘서 고마워요. 저 선생님 될 거예요. 커서 초등학교 선생님이 반드시 될 거예요. 민경 언니, 나도 언니처럼 교육대학교에 가려고 열심히 공부할 거야. 그리고 정말 좋은 선생님이 될 거야."

"우리 하늘이가 몇 시간 동안 무슨 일이 있었다니?"

내가 겪은 12년 뒤의 몇 개월을 아무리 설명해도 믿을 사람이 없다는 것을 알고 있다. 내가 음료수를 빼 먹었던 자판기는 사라지고 없었다.

'분명히 여기에 자판기가 하나 더 있었는데……. 보라색 음료수를 먹었는데…….'

하지만 내가 겪은 일이 꿈이 아니라는 사실은 분명했다. 내 가방에는 교실에서 썼던 학생들의 타임캡슐 상자가 들어 있었기 때문이다.

1년 뒤 나에게

안녕, 준수야. 1년 동안 잘 지냈니?

1년 뒤에도 아빠는 못 만났겠지?

나를 버리고 간 아빠인데 다시 돌아왔겠어. 잘 먹고 잘 살고 있겠지. 이모랑 이모부가 밥 많이 먹는다고, 전기 아껴 쓰라고 뭐라 하는 것도 여전하지? 할머니는 안 아프니?

나도 내 미래를 알고 싶다. 빨리 커서 돈 벌고 싶어. 그러면 엄마 호강시켜 드리고 아빠도 돌아올지 모르지.

1년 뒤 나에게

안녕, 진호야. 선생님이 쓰라고 해서 쓰는 거야. 3학년 잘 보냈지?
보나 마나 잘 보냈겠지. 난 최고니까. 이런 거 왜 쓰는지 모르겠어.
귀찮아 죽겠다. 암튼 1년 뒤 보자!

1년 뒤 나에게

안녕, 시현아. 1년 뒤 너는 어떻게 지내고 있니? 3학년이 되었으니
더 열심히 공부하고 김하늘 선생님 말씀도, 부모님 말씀도 잘 듣자.
나는 열심히 공부해서 반드시 의사가 되어야 해. 이번에는 레벨 테
스트에서 1등을 하고, 3학년 때 수학을 5학년 것까지는 마무리해야
한다고 그러셨으니까 더 힘내자. 파이팅! 아 올해는 친구들과 잘 지
내고 싶어. 잘 지냈겠지? 그럼 안녕.

1년 뒤 나에게

안녕, 민준아. 너는 여전히 웹툰 작가를 꿈꾸고 있겠지?

학교생활은 재미없는데 3학년 담임 선생님은 조금 마음에 든다.

그때도 잘 살아 있기를.

'준수야, 진호야, 시현아, 민준아. 24명의 학생들아, 모두 잘 지내고 있니? 선생님이 꼭 진짜 선생님이 되어서 갈 테니까. 기다려!'

나의 미래직업지원서

"오늘은 실과 수행평가를 제출하는 날이에요. 모두들 미래직업지원서를 내주세요."

나는 나의 미래직업지원서를 당당하게 제출할 수 있었다.

'그래 달리자! 나의 꿈을 향해!'

미래직업지원서

이름	김하늘	내가 희망하는 직업	초등교사
내가 희망하는 직업이 하는 일	• 학생들을 상담하고 수업하는 일 • 학부모님들과 함께 학생들을 더 잘 지도할 수 있는 방법을 의논하는 일 • 학생들과 함께 성장하기 위해 계속해서 공부하는 일 • 학교의 업무를 하여 교육공무원으로서 역할을 충실히 하는 일 • 학교의 다양한 행사를 진행하는 일		
희망하게 된 계기	• 사촌 언니가 교육대학교에 입학했는데 함께 대학 탐방에 갔다 희망하게 됨 • 초등교사가 하는 일을 조사하다 보니 더 하고 싶어짐 • 학교에서 선생님들을 보면서 멋있어 보인다고 생각함		
희망하는 직업과 내가 잘 맞을 것 같은 이유	• 나는 다른 사람에게 도움이 되는 일을 하는 것을 좋아함 • 나는 여러 사람과 함께 어울리며 방법을 찾아가는 것을 좋아함 • 친구들이 모르는 것을 내가 알려 줄 수 있을 때 기쁨		
내가 지금 노력할 수 있는 일	• 열심히 공부하는 일 • 내가 배운 것을 선생님처럼 설명해 보는 일 • 내가 경험하는 여러 문제를 스스로 해결해 보는 일 • 책을 많이 읽으면서 꾸준히 성장해 나가는 일 • 수업 시간에 열심히 발표하면서 여러 사람 앞에서 말을 하는 연습을 해 보는 일 • 어려움에 빠진 친구들을 도와주고 봉사하는 일		

내꿈은 선생님

청소년 성장소설 십대들의 힐링캠프, 직업(초등교사)

안녕하세요, 초등학생 여러분.

저는 초등교사로 일하고 있는 이서윤 선생님입니다.

혹시 커서 초등학생들을 가르치는 선생님이 되고 싶다고 생각한 적 있나요? 아니면 우리 학교에 있는 선생님이 도대체 어떤 일을 하나 궁금했던 적 있나요? 선생님은 항상 바빠 보이는데 왜 바쁜지 궁금했던 적은요?

초등교사는 여러분이 가장 가까이에서 지켜볼 수 있는 직업인데, 선생님이 어떤 일을 하는지 자세하게 알기 힘들 수 있겠다는 생각이 들었습니다. 게다가 기존에 있는 초등교사의 진로에 대해 설명해 주는 책은 모두 초등교사가 쓰지 않았다는 사실을 알고 깜짝 놀랐죠. 자세하지 않았고요.

이 책은 초등학생인 하늘이가 직업 자판기에서 음료수를 뽑아 마시고 초등학교 선생님이 되는 것으로 시작합니다. 하늘이가 초등교사로서 겪게 되는 이야기를 읽으면서 여러분도 초등학교 선생님이 되면 어떤 일을 어떻게 하게 되는지 어렴풋하게 알 수 있을 거예요. 하늘이가 선생님이 되어 겪는 많은 일은 제가 직접 겪은 거예요. 즉, 생생하고 현실감 있는 이야기랍니다.

저는 무조건 초등교사라는 직업이 좋다고만 이야기하지 않습니다. 모든 직업은 힘든 점도 있고, 좋은 점도 있거든요. 좋은 점만 보고 초등교사가 된다면 힘든 일을 겪었을 때 더 힘들어 할 수도 있어요. 힘든 점을 알게 되었는데도 초등교사가 되고 싶다면 정말 초등교사가 되고 싶은 거잖아요.

하늘이가 겪은 힘든 점과 좋은 점을 모두 고스란히 겪어 보세요. 여러분도 직업 자판기에서 뽑은 음료수를 마셨다고 생각하고, 이 책을 읽으면서 하늘이와 함께 여행을 떠나 보세요. 초등교사가 된 여러분 모습을 상상해 보세요.

혹시 가슴이 뛰는 친구들이 있나요? 그럼 초등교사라는 꿈을 한번 꿈꾸어 보세요. 초등학생들을 교육하고 함께 성장해 나가는 일은 생각보다 뿌듯하기 때문이죠.

별로 가슴이 뛰지 않는다고요? 괜찮아요. 꿈 후보에 살포시 넣어 두세요. 나중에 관심이 생길 수도 있고, 아이스크림이 녹듯이 녹아 없어질 수도 있지요. 그럼 또 다른 일에 관심을 가지면 됩니다.

선생님이 하고 싶은 말은 이것이에요. 여러분이 미래에 어떤 일을 하면서 살지는 아무도 모르지만, 여러분이 초등학생 시절에 뿌린 꿈의 씨앗은 결코 헛되지 않을 것이라는 말이지요. 꿈을 꾸는 일은 나 자신에 대해 고민하는 일과 같거든요. 세상의 많은 직업을 탐험해 보고, 내가 하면 괜찮을 것 같은 직업들을 최대한 많이 뽑아 나열해 보세요. 또 나의 강점에 대해 생각해 보세요. 그것이 바로 진로교육의 시작이라고 생각합니다.

이 책을 읽고 있는 여러분 중에서 선생님의 후배로 들어오는 미래의 선생님들이 있었으면 좋겠습니다.